詩の森文庫

たった一人の啄木

石川啄木・流浪の軌跡

中森美方
Nakamori Yoshinori

JN137078

E14

思潮社

たった一人の啄木　目次

第一章　たった一人の啄木

啄木の末期とその家族のことを考える時に、私の脳裏にへばりついて仲々離れない文章がある。中野重治の次の一節である。

啄木の最後の批判の的が天皇制国家でさえなかったならば、この国家は、これほど悲惨な死を啄木に与えなかったかも知れない。あるいは却って保護をさえ与えようとしたかも知れない。しかし、啄木の的は啄木がほしいままにえらんだものではなかった。それは天皇制国家そのものが、その帝国主義躍進の力で、そこから来る国民生活の実相そのものである啄木の前にかかげたものであった。そうして啄木はそれを彼の的とした。天皇制国家はそれ自身の力で、この病気の、貧乏な、体の小さな詩人を、うす緑色をした何かの幼虫ほどにあしらって指さきでこすり殺してしまった。

悲劇の先駆的社会主義者として啄木の死をとらえる場合に、まるでハンを押したようによく援用されている。私の脳裏から離れないのは、中野重治のこの文章の末尾の生理的なまでにリアルな啄木の死のとらえ方である。中野重治にはその思考自体が政治的で硬直したものであっても、表現に生々しく迫ってくる部分があるために、欠陥を思わず見逃しそうなることが多々ある。

天皇制国家に青虫のようにひねりつぶされた啄木——いったい、このような啄木の死のとらえ方が妥当なものなのだろうか。社会主義者啄木像、日本近代天皇制批判の先鋒をなした薄幸詩人啄木像をイメージアップするためには、多くの啄木論がそうであるように、このような啄木の死のとらえ方から始めねばならぬのだろうか。私には違和感が残る。啄木が社会主義に目覚めたことも、大逆事件に衝撃を受けて国家権力の本質ににじり寄ったこともまちがいではない。だが、啄木の中断された可能性から啄木像を創りあげるのは、ひいきのひき倒しである。啄木がながらえていれば、国家主義者に見事に転向した可能性も残されている。

啄木のわずか二十七年の生涯を考察すれば、思念の転換の連続であったことがすぐに了解されるだろう。啄木は自己を恃む気持ちが人一倍強かったために、自己矛盾を簡単に他人や社会におしきせてはばからない所があった。その言葉のはしばしをとらえて啄木像を創りあげれば、それは全く啄木の個性から遊離したものとなる危険性がある。啄木は借金のための言い訳の天才であったし、自分自身もその言い訳を信じこんでしまう術を心得ていた。啄木の最後の思想の達成に異論をさしはさむつもりはないが、彼の個性とは自己矛盾と自己分裂の巣窟のようなものであったことを忘れるわけにはいかない。啄木の心の揺れ動きが大きく表れている日記や評論などを読んでいると、一体、本気なのかどうか疑いたくなる部分につきあたることがある。

啄木は死んだ。徹頭徹尾、悲惨な家族の中でひっそりと肺結核で死んでいった。啄木の家族も次々と死んでいった。父の一禎と妹の光子を残して全滅であった。日本近代天皇制国家は直接、啄木には指一本もふれなかった。歯牙にもかけていなかった。啄木は他の社会主義者のようにマークされて尾行されていたわけではなかった。啄木の末期の眼は権力の非情なるパワーを見たのであるから、啄木の文学が抵抗の一種であったと言えなくもないが、どうも腑に落ちないだろう。国家権力を目に見えない装置として考え、啄木に貧困と病気の原因をそこに認めてしまえば、そのころの日本中の文学者のすべてをその範疇に入れることも可能だろう。

大逆事件からの啄木の反応は、当時の文学者たちと同様に天皇制の構造への洞察までには至っておらず、社会正義が認められないことに対するヒューマンな憤りが強かった。正しく手順をふまえた裁判手続きと議論があれば、あれほどのショックを啄木は受けなかったかもしれない。

この中野重治の文章は昭和二十一年のものであるから、戦後「天皇制」を論議することが許されて盛りあがった頃であったかも知れない。あたり前のことかも知れぬが、戦前は「天皇制」という政治学の言葉もなく、ましてや論議の対象とはなり得なかったのである。

中野重治の政治的な真面目さと、独特の皮膚感覚にせまってくる表現が奇妙にチグハグな感じとなって、私にとっては印象深いものになったのかもしれない。中野重治は啄木の文学の「郷愁」を体質的に理解していただろうが、それをひ弱なセンチメンタルなものとして排除し、政治的に啄木像をねつ造したと思えるのである。日本の抒情詩文学が果たすことのできる最も根強いものは、啄木の社会主義よりもむしろ、中野重治の師である室生犀星の政治から離れた生活意識にあったかもしれないと私は思う。

啄木が生活破綻者であったのは、様々の資料を引用するまでもなく周知のことであろう。
啄木は家庭を省みることなく放蕩し、家族を置いて流浪し、そのくせ、いつも家の重荷におびえていた。啄木の家や故郷への抒情は、自分の身勝手さと家からの重荷との裂け目に架けられた虹のような自己慰安の唄であった。私は啄木のその唄に私の唄を共鳴させ、瞬時、啄木よりはかなりマシだろうと自らを慰めたりすることがある。生活に疲れた時にしゃぶるアメ玉のような啄木の唄は、啄木にとっては〝悲しき玩具〟であり、私たちにとってもそのような効能を持っている。私たちは啄木の家族の状況を知っている。だから、それが悲惨であればあるほど啄木の唄の効能が増すという仕組みになっているのである。

このような短歌の成立は不幸なことにちがいないが、啄木にとってはこの地点こそが、自己を自由に発現できる唯一の場所であった。そのことが哀しい。何よりも啄木の家族が哀しく思われる。啄木が文学を捨て、野心を捨てて、まっとうに勤め人として生きれば、苦しいながらも家族を養うことぐらいはできたであろうに。有能な新聞記者石川一の家よりも貧しい人々は、当時の日本中の農村にあふれていたにちがいないだろうに。

文学が生活を不可能にさせ、それをモチーフとして文学が成長する。日本の私小説作家によく見られるこのパターンは、貧困や家族との離別、そして肺結核などによってくまどられ、本人の死によって完結する。ここには自業自得の文学の幅狭さがある。そこで紡ぎ出された糸は、私たちが日常、見すごしがちな裂け目に架けられ、べとべと身にからみつくような感触で迫ってくる。

もし肺結核がなければ、日本の私小説は様相のちがった歴史を歩んだかもしれない。死を描くことに日本の私小説は最も合致していた。末期の研ぎすまされた眼でごくありふれた農村を描写すれば、この景物はごくありふれたものではなくなり、至高の輝きをきらめかせる。ましてや、日本の定型文学ともなれば『万葉集』の挽歌から武士の辞世の歌、そして俳句に至るまで常に死の影を色濃くにじませている。中世の恋愛歌にせよ、魂呼びの歌であるため、本来は挽歌と同じものであった。近代日本の私小説作家もまだその尻尾をひきずっていたのである。


定型文学者は近親知人の死に遭遇すると、ほとんど憑かれたように作品をものにする。そのことがまるで定型文学者の宿命であり、欠くべからざる仕事であるかのごとくに。元々、宮廷歌人に求められていたのは、死を悼む大きな力であった。近代に至っても定型文学者は、その方法に無意識であろうとなかろうと、とにかくそこから視線をはずすことはない。第三者である読者からすれば、まるで死を待っていたかのように思える時がある。

以前、飯田蛇笏の句集を読んでいてドキリとさせられた。見逃せばとりとめのない句なのかもしれない、が。

薔薇うつる水底終いの梅雨明り

詞書に「六月二日、姻戚の幼童薔薇園の池中に墜つの報あり。手当急なりしも遂ひに蘇生せず」とある。悪い句ではない。重苦しさとほのかな薄明が幼児の死を見事に看取っている。いい句にはちがいない。しかし、不快な句である。ここまで定型の非情なカメラががっちりとすえられれば、幼児の死ももはやただの景物にすぎない。

遠縁の幼児が池に落ちて水死したと聞いて、蛇笏はこの句をつくったのだろう。ちょうど現場のその池を覗き込んでいる姿勢になっているが、事故の状況を考えれば読者の視点は逆に、幼児が池の中から溺れつつあおいだ水面の映えとその上のバラの花へとむかってしまうだろう。私はしばしば嘆息し、何やら怒りに近いものがふくれあがってきたことを覚えている。この句に対してではない。蛇笏に対してでもない。このような句作が当然のことである日本の定型詩人の非人間的なまでに求道的なその態度にむけてである。

南北朝以降の連歌から俳諧への過程で隠遁者が乱世の多くの死を眺めつつ、季節の花や虫を詠んだことがまだ近代の俳句にまで貫流しているのではないか、と思われた。草庵を結び、悠々自適のままに刹那の意識を定型に収める、この連歌の態度から蛇笏も何ほどもへだたっていないのである。世々の動きとは無縁な立場のままに花鳥風月が詠まれ、数多き凡作の中に、時おりギラリと光る作品を提出する。歌人や俳人は何も意識することなく、それを行う。それはもう単に個人の力のみではない。

鉄幹の薫陶を受けた啄木は、儀礼としての短歌からすでに自由であった。アララギ派の多くの歌人の感受性は農村の地主階級のものであった。彼らの自然観は農民によって手を入れられた田園の中で育まれたものであり、その家族も村落共同体の強い枠組みの中にあった。だが啄木は、〈石を持て追われるるごとく〉に故郷を出奔した流浪者であった。啄木は家族を追いつめ、家族も啄木を追いつめ、結局はバッタバッタと死んでゆくのである。

家族や家庭が課題となるのは、村落共同体の崩壊、変質の過程と密接している。村という温床の中でソフトな様々の関係にくるまれていた〈イエ〉概念が崩れ去ると、少人数の家族が社会と裸形でぶつかりあう。時には軋みをたてる。啄木の家族がささくれだっていたのは貧困ばかりが原因ではない。啄木も妻の節子も近代人でありすぎたことと、村社会から追われたためである。嫁姑の関係も世間によくある事例にすぎない。啄木の家では砂粒のひとつひとつのように家族が孤立していた。妻と夫、嫁と姑、母と息子の関係ばかりが露呈し、ソフトなぬくもりに欠けていた。皮肉なもので、なんと結核菌だけが家族をつないでいたのである。天才詩人を気取っていた啄木の末路は悲惨この上ないものであった。だが、私は啄木の末期を、中野重治のようにはとらえたくない。

啄木の死は悲惨であるが、決して政治的な死ではない。ただの病死、それも家族全滅に近い病死であった。どう甘く考えてみても明治末期の天皇制権力による虐殺ではない。病床にあっての大逆事件への傾注、アナキズムの克服から社会主義への覚醒に重点を置き、理想から啄木像を造型するのは、啄木のあの混沌とした振り幅の大きい一生を、あまりにも見事に段階的な成長過程ととらえてしまう。わずか二十七歳の夭折文学者に無理やり冠をかぶせるのはフェアではない。

例えば啄木が病気をおして杖につかまって親友の金田一京助を訪ね、アナキズムの誤りを発見したと伝え、自分の到達した思想を仮りに〝社会主義的帝国主義〟と名づけて血の出るような言葉を吐いた――このようなエピソードに過剰な意味を持たせて〝社会主義的帝国主義〟の解釈を展開してみても、おそらく啄木の心性からは離れるばかりであろう。もしかしたら、このエピソードも啄木の思想の不可能性を示すものであったかもしれない。少なくとも啄木はその思想を生き得なかったし、明瞭に展開できなかったのである。

啄木の実妹の三浦光子に「幼き日の兄啄木」という一文がある。やっとさずかった長男の啄木を溺愛する両親と、それをいいことにわがまま放題の兄啄木の間で、冷静に育ってきた多感な少女が歳月を経て記した文章という印象である。肉親の追想文によくありがちな感情への惑溺がない。むしろ、啄木の性癖に辟易していたふしが所々に的確に出ている。冬の真夜中でも啄木は「ゆべし饅頭」がほしいと言い出せばもうきかなくなり、家中を起こしてそれをつくってもらったりする。一方、父の一禎は啄木の道具ひとつ作るにしても、自ら筆をとって「石川一所有」と書き入れる。啄木は光子に「にいさん」ではなく、「おにいさん」と呼べと強要する。啄木が盛岡の高等小学校に入れば入ったで、珍しいものがあると出入りの者に馬をひかせて届けさせる。

明治時代の田舎で啄木は何不自由なく、わがまま放題に育てられた。秀才少年啄木はそのまま盛岡中学で天才詩人を気取り『明星』に心酔してゆく。鉄幹の自由な英雄主義は、まさしく啄木にうってつけだった。母カツの啄木への盲目的な愛情は一生かわることがなかった。いきおい、嫁の節子との対立はたえることがない。節子は「内のお母さんくらゐいぢのある人はおそらく天下に二人とゐないと思ふ」と妹宛の書簡にしたためている。啄木はその母について次のように詠っている。

茶まで断ちて、
わが平復を祈りたまふ
母の今日また何か怒れる。

明治時代の長男厚遇の風潮を考えれば珍しいことでないかも知れないし、嫁姑の関係も現在の日本中にくりひろげられている事柄かもしれない。ただ、どうも啄木の家族を見ていると奇妙な感じがつきまとう。何かが足りない。つまり、それは父一禎の〈父性〉の完全な欠如である。一禎は渋民村宝徳寺の住職であったにもかかわらず、どう見ても表現は悪いが準禁治産者のごとくである。ここで私は旧派歌人でもあった一禎と、明星派に心酔した啄木の心理の亀裂を掘り下げてみたいという欲求にかられるが、資料を漁ってみても、啄木にとってそこからの軌跡はほとんど見うけられないようである。文学的雰囲気の中で啄木が育ってきたということに過ぎないようである。成人になっても啄木にとって〈父性〉は課題とはならなかった。生活においても文学のモチーフにおいても〈母性〉が圧倒的だった。それほどまでに一禎は、家出をしたり迷惑をかけるだけの影の薄い存在にすぎなかった。

かなしきは我が父！
今日も新聞を読み飽きて
庭に小蟻と遊べり。

何とまあ小さい父の背中であることか。親が年をとって、息子の自分よりも小さいもののように見えてくるのは自然なことだが、啄木のこの冷たい視線はどうであろうか。日々の暮らしの軋轢の中で、あきらめきったような乾いた感情がある。啄木の一家が渋民村を追われたのも、一禎が宗費不払いで住職を罷免されたためであった。啄木一家の流浪も生活苦も家庭内のいさかいも、すべてはそこから始まったのだった。そして啄木の文学さえも、渋民村を追われることがなければ、ただの天才気取りのきれいな短歌でおわっていたかもしれない。

啄木の〈家〉を考えれば、次のような作品も思わぬほどに陰影を帯びてくる。

大海《だいかい》にむかひて一人ひとり
七八《ななやう》日《か》
泣きなむとすと家を出でにき

家を出て五町《ちやう》ばかりは
用のある人のごとくに
歩いてみたれど——

猫を飼はば、
その猫がまた争ひの種となるらむ。
かなしきわが家。

とかくして家を出づれば
日光のあたたかさあり

息深く吸ふ

啄木の気持ちも分らぬではない。元々、啄木に原因があるのだから、自分が悪いのだと責めてみても致し方ない。倫理は文学ではないのだから。ささくれだった家から逃れようと夢想する力が啄木の才能であったと言うべきだろう。一人になることを夢想し、渋民村や過去の恋人たちをなつかしむことだけが、啄木の才能が自由になる場所であった。それにふさわしいように啄木の現実生活はセッティングされてゆく。病身になってからは、なおさらである。

「大海にむかひて一人／七八日／泣きなむとすと」という大仰な身ぶりは、〈家〉にこめられている重みに支えられなければ、ただのセンチメンタルな青春歌になってしまうだろう。家に居たたまれなくなって外をぶらぶらしても行くあてはなし、猫を飼えば家族の慰みになるかもしれぬ、と思ってみても、すぐに母と妻の顔が浮かびその考えを打ち消してしまう。啄木の心理は袋小路以外の何ものでもない。

ひと塊の土に涎し

泣く母の肖顔《にがほ》つくりぬ
かなしくもあるか

たはむれに母を背負ひて
そのあまりの軽きに泣きて
三歩あゆまず

啄木のこのような自己戯画化の衝動が、あつかいあぐねた母を〈日本の母〉の位置まで引きあげる。感傷歌というには、あまりにも装われすぎている。これも現実の母からの一種の逃避であるが、心情の根本においては啄木の真実にちがいない。現実生活での労苦を俗なるものとして蔑視していた啄木は、短歌型式によって、現実よりももっと現実らしいフィクションを表出できる場所を見出したのである。ここには啄木の醒めた目があり、戯画化装置としての定型がある。作者と作品のこの背離は読者サービスの如き作用をもたらした。だが、啄木が果たしえたのはここまでである。歌集『一握の砂』は決して社会に対する抗議でも批判でもない。啄木の評論の基調精神から短歌を読み解くのはまちがいである。「悲しき玩具」でしかない。啄木の短歌にとって、これ以上の讃辞があろうか。
　この方法によって定着させられた〈故郷〉や〈初恋〉や〈母〉は、私たちの胸の奥処にある心情を呼び覚ます。ひと時の慰籍を与える。啄木の故郷や初恋は失われていたし、まして や母は、妻とのいさかいばかり繰り返していた。退路を断たれた絶望感が、啄木の追想歌に命を注ぎこむ。反転させられた三十一文字の夢の劇は、私たちの心情にからみついてくる。絶望的な状況で夢想にふける啄木を冷たく見つめながら、いつしかその観客となってしまう。身勝手で天才気取りの鼻持ちならない啄木が、このあたりから急に自己のモチーフに忠実な文学者に変貌し、この方法しか許されなかった啄木の資質が哀れに思え、いつしか劇中の人物に同調してしまうのである。

　さて、啄木一家の流浪をたどってみよう。啄木の両親は明治三十八年（一九〇五年）渋民村宝徳寺を追われ盛岡へ居を移した。この年、啄木の処女詩集『あこがれ』が刊行され、そして啄木と節子が結ばれている。一家の重荷すべてが啄木におおいかぶさり、いよいよ借金地獄と一家離散、流浪がはじまるのである。翌年、啄木は函館に姉夫妻を訪ねたが解決策は得られず、結局、啄木は代用教員として渋民小学校に勤務する。小説「雲は天才である」の執筆の合い間をぬって、父一禎の宝徳寺復帰運動のために東奔西走している。まだ啄木にとっては、苦しくとも一縷の望みのあった時期である。〝日本一の代用教員〟たらんと奮励し、小説、評論の筆も順調に進ませていた。ところが、これからの啄木一家の末路を暗示するかのように、長姉のさだが肺結核で死去。享年三十一歳であった。

小坂の義兄田村叶から来信。姉の命日が先月の二十五日であつた事、死因が肺結核であつた事、法名が妙訪禅定女である事、漸やくわかつた。（中略）自分は、一生を不運に過した貧しい姉が、終焉の時近き来る病床に横はり、度々の喀血に気力おとろへ、痩せて蒼ざめて見る影もなき顔をあげて、枕辺に泣いて居並ぶ五人の子女を見廻はしたであらうその際の惨憺たる光景を明らかに心に描くに堪えぬ。

三月十九日の日記に啄木はこのように記している。この長姉とは十歳ほど離れていたためか、早く嫁いでいたゆえか、啄木の日記にもほとんど出てこない。死後一カ月ほど過ぎてから臨終の様子を知らされたのは、あまり交渉がなかったためか、あるいはこの頃は啄木一家にとっては激動の時期であったために、居所も分からなくなっていたのだろうか。いずれにせよ啄木は、惨憺たる臨終の場面を想像して胸をいためているようであるが、どうもさほどのショックではなかったようなふしもある。この日の日記も長姉の死のことよりも、ヨーロッパの政治状況や文学のことの方が多く記されているし、夜にはカルタ会などを開いて騒いでいる。この長姉に巣くった結核菌がすでに啄木の一家に入りこんでいることなど夢想だにしていない。あと五年もすれば啄木一家が、この長姉の家と同じような悲惨な場面をむかえることになるのである。

だが、啄木という男は、文章の勢いや修辞のみでは判断しかねる所がある。明治期の青年文学者特有の針小棒大の美文調の傾向を差し引いてみても、日々の感情を書いているのではなくて、日記で感情を書く練習をしているのではないか、とさえ思える部分がある。まだ二十一歳の青年なのだから、これくらいは目をつぶってもいいのかも知れない。死を悼むよりも、まだ啄木には生命感が溢れている。一家の重荷を背負ったとはいえ、青年文学者啄木の野心はふくらむばかりで、世界の状勢や文学への興味がふつふつとたぎっている。

そして、この年もおしつまった頃、長女京子が誕生し、一禎の宝徳寺復帰運動にも光明がさし、すばらしい新年となるはずであった。啄木はこの年の十二月二十七日の日記に次のように記している。

九ヶ月間紛紜を重ねたこの問題も、来る一月の二十日頃には父の勝利を以て終局になる。或は母のいふ如く、先づこれをキッカケに、我が一家の運が開けてくるかも知れない。先づ父の方がきまつて、可愛い児が生れて、そして自分の第二戦！あゝ天よ、我を助け玉へ。

ところが、翌年になっても宝徳寺復帰運動は紛糾を続け、檀徒間が二派に分かれて対立した。抗争に疲れたのか、その最中に一禎が家出事件をおこし、復帰運動は完全に挫折した。まさにその家出事件の当日、絶望的な気分になった啄木のもとに、盛岡から節子が生後三カ月の娘の京子を連れてもどった。父を失った啄木に誕生まもない京子が笑いかける。誰が仕組んだわけでもないが、とにかくドラマチックな男である。

この年の四月二十二日、校長排斥のストライキのあと、免職の辞令を啄木は受けているが、四月一日には辞表を提出して慰留されたりしているから、いずれ退職するつもりであったらしい。後先を省みず、生活も省みず、啄木は職を失うのである。ストライキ事件にしても、元々は啄木の自由な教育主義が受け入れられなかったことに起因しているというものの、俗なる校長にひと泡ふかせたかっただけである。宝徳寺復帰事件の騒動の直後でもあり、当然、村民の反発は大きかった。

いよいよ啄木一家の流浪がはじまる。啄木は妹の光子と北海道に渡り、妻の節子と娘の京子は盛岡の実家に戻り、母は渋民村に部屋を借りて残り、父は青森の野辺地に移り住むことになる。文字どおりの一家離散である。「一家離散とはこれなるべし。昔は、これ唯小説のうちにのみあるべき事と思ひしものを……」と啄木も日記に記している。この明治四十年の五月の頃の日記は、啄木の小説などよりもずっと面白い。啄木にそう伝えてやりたいほどである。

ところが、この部分のすぐあとに「啄木、渋民村大字渋民十三番地割二十四番地（十番戸）に留まること一ヶ年二ヶ月なりき、と後の史家は書くならぬ」と述べている。本当にもう自信過剰気味の憎めない男である。一家離散のこの期に及んでも、まだ啄木はお坊っちゃんであった。

朝早く起きたり。八時頃金矢家を訪はむとて家を出づ。遠近の山々の蕪蕘、云はむ方なく春の日に仄めき匂へり。春の山、春の水、春の野、麦青く風暖かにして、我が追憶の国は春の日の照らす下に、いと静かに、いと美しく横はれり。北上川の川岸の柳、目もさむる許に浅緑の衣つけて、清けき水に春の影を投げたり。

サテ浮世は頼みがたきものなりき。金矢家も亦浮世の中の一家族なりき。餞別として五十銭貰ひぬ。予は予自らを憐れむと共に、かの卑しき細君、その細君に頤使せらるる美髭紳士を憐まざるをえざりき。昨日我を歓待すること、かの如くして、我何事の悪事をなさざるに、今日はかくの如し。勝てば官軍敗くれば賊、……否々、予は唯予の心の味方を失はずば、乃ち足るのみ。

前半は見事な美文調である。啄木にとっては、日記も手紙も創作であった。常に自己劇化があり陶酔があり粉飾がある。ただの日記を読むよりは実におもしろい。後半の筆は、啄木のお坊っちゃんぶりが露呈していると言うべきである。餞別をもらいながらも、その額の少なさに腹を立てて細君を罵倒し、友人をあわれんでいる。村の中でつまはじきの啄木に、餞別を包んでくれたことだけでも感謝せねばなるまい。創作に徹するならば、友人の細君は爪に火をともすような暮らしぶりの中から、わずか五十銭の餞別を与えてくれて、啄木はその有難さに涙をこらえつつ辞去したと書くべきだったろう。

田舎の寺で何不自由なく育てられた啄木の美意識は、まだまだ生活に喰い破られていない。村民の暮らしについても何も分っていなかった。文学青年啄木は、そもそも生活ということに思い到っていなかったのである。

啄木と妹の光子は津軽海峡を渡った。自己の才能を伸ばす新天地を求めて啄木はまだまだ元気である。啄木にとってこの光子だけは特異な位置に据えられていた。それは短歌の中だけのことではなかったようである。生活の中でふとやわらいだ啄木の感情が定着された秀歌のいくつかをすぐ挙げることができるだろう。

船に酔ひてやさしくなれる
いもうとの眼見ゆ
津軽の海を思へば

朝はやく
婚期を過ぎし妹の
恋文めける文を読めりけり

いい歌である。啄木の短歌の中では珍しいほどに、すんなりした感情の流れがある。私たちの胸に涼感をもたらす。啄木はこの妹の光子に対してだけは、素直になることができたようである。光子の方は啄木の性癖によって迷惑をこうむったことも多々あったが、啄木の光子への感情の寄せ方は短歌作品の中でも、母や妻などのそれとは全くちがったものであった。幼い頃から一緒に育ったので、啄木がなつかしき渋民村のことを何の腹蔵なく話せるのは光子だけだった。妹の光子とは暮らしの中での軋轢がなかったせいかも知れない。盲目的な愛を注ぐ母、準禁治産者のような父、姑とのいさかいで疲れはてている妻、そのまん中にすべての原因の中心の啄木がいる。

親との対立や軋轢があると兄妹間の感情は濃密になるのだろうか。啄木と光子、私はどうしてもこの二人と、渋民からわずかにへだたった花巻の、賢治とトシの兄妹を比較してしまう。

啄木には節子との恋愛もあったし、人一倍の放蕩もあった。だが、賢治には恋愛はなく性愛も禁じられていた。人間の情欲を認めていなかった。性愛の禁じられている愛は妹との関係しかない。人間が人間であるための欲望を禁じ、宗教的に生きることを自らに課した賢治の文学には、透明な宇宙の広がりや鉱物の手ざわりがあるが、やはり、どこか非人間的である。賢治は恋愛、性愛、育児という人間の自然過程を認めていなかったために、〝どこまでもいっしょに行こうとする〟同伴者を、妹トシに仮託したのだった。家庭は父親の家でしかなかった。賢治とトシの兄妹愛には、どうしようもないほどに父権の強い力が働いている。賢治の生涯は〈父〉との闘いであったと言うべきで、妹トシとの関係はそこからの転位であった。

啄木は、年若くして家長の役割を強要されたが、賢治はいくつになっても父から見れば、ただのデクノボーにすぎなかった。啄木の父一禎は、啄木への理解が全く届いていなかったのにひきかえ、賢治の父はすべてを巨きな父性の胸に受けとめていた。

賢治の妹トシは年若くして死に、残された賢治の胸の内の〝永遠の恋人トシ〟は、あの挽歌やいくつかの童話に結晶した。啄木の妹の光子は、僧侶であった一禎や啄木に反逆するかのように伝道師となって、石川一族の最期を見届け一生を終えた。光子の生き方もまた、根っこでは啄木同様に自我の強いものであったのかもしれない。

光子は石川一族没落の悲哀を最も被っていた。せっかく入学したミッション系の名門盛岡女学校も中途退学を余儀なくさせられ、啄木に北海道まで連れてゆかれ、次姉のとらの家や啄木の家などを転々としている。父一禎の宗費滞納事件の原因は、上京した啄木の借金返済のために裏山の栗の木を檀家に無断で売却したためであったし、さらに檀家間対立の遠因はやっと生まれた長男の啄木かわいさに、一禎が前住職の未亡人と息子を追い出して宝徳寺に入りこんだためであった。

すべてが兄の啄木に起因している。息子の才能を信じている母カツや、愛しあった末に結ばれた節子はともかく、若い光子にとっては、何の因果かといいたくなるほどの被害の連続であったであろう。ただ、光子も兄ゆずりの強い性格であったのか、家族から自由になりたかったのか、小樽で洗礼を受け伝道師への道を歩みはじめる。この決心によって光子は、啄木一家に蔓延していた結核菌から逃れることができ、八十一歳の長寿を全うするのである。

北海道流浪のころは、啄木にとっては志をえなかったとはいえ、最も充実した時期であった。とはいえ、放っておかれた家族はたまったものではない。しかし、まあ、この北海道での啄木のこらえ性のなさにはほとほと呆れはてる。子供が新しいおもちゃを次々とねだって、次々とたたきこわしているようなものである。

あちこち難癖をつけては次の職場に移り、また理想に燃えては次に移り、また難癖をつける。もう病気である。それほどまでに自尊心が強く、自らを押さえつけることができなかった。家族のことを気にかけているようで、その実、まともに仕送りするわけでもなく、酒を飲んでは芸妓と遊び、埋もれてしまう自分の才能を惜しんでいる。友人でありパトロンであった宮崎郁雨がいなければ、家族は野たれ死にしていたであろう。
読者である私たちは、後に啄木が詠んだ次のような秀歌によってなだめられる。

潮かをる北の浜辺の
砂山のかの浜薔薇《はまなす》よ
今年も咲けるや

札幌に
かの秋われの持てゆきし
しかして今も持てるかなしみ

子を負ひて

雪の吹き入る停車場に
われ見送りし妻の眉かな

さいはての駅に下り立ち
雪あかり
さびしき町にあゆみ入りにき

啄木が函館日々新聞、北門新報、小樽日報、釧路新聞と入社、退社を繰り返すこの間わずか半年弱である。函館の大火による新聞社焼失や、現在のように新聞記者がただのサラリーマンではなく文人論客であったことなどを考えあわせてみても、とてもこれは尋常ではない。啄木には生活を支える倫理感が全く欠けていた。所詮は田舎新聞の記者であるのに、啄木の世間知らずの理想主義は腰がすわらず、どの新聞社に入社しても上司との対立衝突をくり返している。気に入らなければ排斥運動を企てるのは、代用教員時代のストライキ事件と同じであった。

啄木の上司非難の言葉はいつも決まっていた。〝俗物〟である。この〝俗物〟との衝突が、啄木の家族をこれから悲惨な状況へと追いつめてゆく。小樽日報で社の内紛に関わり、事務長の小林寅吉に暴力をふるわれた啄木は退社を決意し、誌面に退社広告を出す。それに呼応するように、同僚の記者が告別の辞を掲げた。このようなことも論客が集う当時の新聞社においては珍しいものではなかったのかも知れぬが、これから次々と退社を繰り返す啄木を知っている私たちから見れば、啄木には過分であったのではないかと思われるほどである。啄木が熱心に誌面をよくしようとしたことや、確かに文才のある記者であったことは確かなのだが、いかんせん性急すぎた。腰を落ちつけて改良しようという根気は全くなかった。気に入らなければ排斥を画策し、それがうまくいかなければ退社する。この繰り返しであった。

世わたりの拙きことを
ひそかにも
誇りとしたる我にやはあらぬ

啄木の行動は〝拙なき〟などというほどかわいいものではなかった。未来を嘱望されている明星派青年詩人としての誇りは、〝俗物〟を許すことができなかった。この北海道流浪の間、啄木はほとんど家族を省りみなかった。宮崎郁雨の厚情あればこそであるが、それにしても、よくまあこれほど極楽トンボでいられたものだと感心する。特に釧路では毎晩、取材をかねては花柳界で遊び呆け、後にいくつかの恋歌を残している。仲々に男心をくすぐる作品である。

小奴といひし女の
やはらかき
耳朶《みみたぼ》なども忘れがたかり

よりそひて
深夜の雪の中に立つ
女の右手《めて》のあたたかさかな

かなしきは
かの白玉のごとくなる腕に残せし

キスの痕《あと》かな

きしきしと寒さに踏めば枝軋む
かへりの廊下の
不意のくちづけ

その膝に枕しつつも
我がこころ
思ひしはみな我のことなり

吉井勇の花柳界ものなどよりも、はるかにおもしろい。私たちはこのような歌を、生活も文学もどんづまりになってしまった啄木の状況を念頭に置いて読んでいる。北海道での芸妓遊びでの出来事も、そのために妙に切実な思いをふくんだものとして感じられる。甘味を求める男の身勝手さに、諾と応えてしまうのである。

啄木は北海道流浪の時期、徹頭徹尾、事故を押し通し周囲に迷惑をかけ、郁雨の友情に甘えた。だが、この放蕩が無駄ではなかったのは、東京の新詩社の理想主義的な雰囲気から遠ざかったということに尽きる。浪漫主義者啄木は時代の趨勢と一家離散、北海道流浪などの体験をてこに少しずつ自然主義者へと変貌してゆく。未来への空想が根幹であった啄木のモチーフは、哀しきことに追想によって占められはじめる。理想の世界は色あせ、新詩社の詩を読んでも全く面白いと感じなくなり「自分の頭が荒んで散文的になつたのかとも考へたが、然しこれは、天上から詩が急に地上に落ちた為ではあるまいか」と感じるに至った。啄木には新詩社の美意識が砂上楼閣のように思えた。啄木も一皮むけはじめる。

理想が急に色あせはじめた啄木に、現実社会への関心が芽ばえ、凶作に苦しむ農民や村落共同体からはみ出た人々の労苦に目が止められる。日露戦争開戦時はごく一般的な主戦論者であったが、戦勝国になってからは日本の現状に疑問を抱きはじめる。啄木自身が身から出たサビとは言え、見事なほどに苦しき民の一人であったのだから、己の像に人々の像を重ねあわせて疑義を発することは自己救済であり、かつまた近代日本への批判ともなったのである。

明治四十一年(一九〇八年)三月末、また啄木の流浪癖と創作欲が疼きはじめ、あれほど居心地のよかった釧路新聞や釧路の人々への不満を日記に書きつらねている。この啄木の生活破綻者ぶりは一生変わることがなかった。

三月二十三日

何といふ不愉快な日であらう。何を見ても何を聞いても、唯不愉快である。身体中の神経が不愉快に疼く。頭が痛くて、足がダルイ。一時頃起きて届けをやつて、社を休む。

三月二十五日

今日も床上の人。

石川啄木の性格と釧路、特に釧路新聞とは一致する事が出来ぬ。上に立つ者が下の者、年若い者を嫉むとは何事だ。詰らぬ、詰らぬ。新機械活字は雲海丸で昨日入港した。（中略）兎も角も自分と釧路とは調和せぬ。啄木は釧路の新聞記者として余りに腕がある、筆が立つ、そして居て年が若くて男らしい。男らしい所が釧路的ならぬ第一の欠点だ。

早晩啄木が釧路を去るべき機会が来るに違ひないと云ふ様な気が頻りに起る。

三月三十日
目をさましたのは九時頃だつたが、頭が鍋を冠つた様で、冷たい、冷たい室の中に唯一人取残された様な心地がする。女中の顔までが獣の様に見える。天井の隙から屋根の穴の見えるのが、運命と云ふ冷酷な奴が自分の寝相を覗いてる様だ。何とも云へぬ厭な心持である。

ここでも啄木のこらえ性のない性格がよく出ている。いったん疑問がきざすと啄木はもうとどまることができない。だが、頭が疼き、女中の顔までも獣のように見えるとは、やや病的である。精神的倦怠感が体中に滲みわたっていたのだろう。啄木の日記の文章は、理想や志を述べる時にはどうしようもないほどどうわつき、日常瑣事の感興を記す時に冴える。ほんの数十日、勤めただけなのに、またしても厭気がさし出社拒否症におちいっている。家族を放っておいて遊興にふけりながら、釧路が天才啄木にそぐわぬなどとは、よくもまあぬけぬけと言えたものだ。だが、その〝厭な心持〟については、啄木の小説の心理病者よりも巧みに記していることに驚く。このような点においては、啄木はまさに天才であった。

啄木の寝相を天井の隙から覗いている〈運命〉とは死の影であったか。啄木のわずか二十七年の生涯を知っている私たちにはそのように思えてならない。天井から覗いているのは、この啄木の日記を覗き見ている私たちであるかもしれない。あと四年しか啄木の生は残されていないのである。私たちは啄木の達成とその死、残された家族の結末のすべてを知っている。私たちは死のレンズを通して、啄木の呻吟を覗いている。そのためか、啄木がいつになく気弱になると、私たちはついそれに同調してしまい、啄木が相もかわらぬ空想を口走ると、つい横槍を入れたくなってしまうのである。

新詩社の詩に不満を唱え自然主義に近づいた啄木であったが、現実の生活レベルにおいては〈内なる詩人〉は未だ霧散せず、齷齪と働くことがどうしてもできない。啄木はわずらわしい世俗の労苦を拒否し、上司を罵倒し埋もれてしまうかもしれない己の才能を惜しんでいる。だが極楽トンボの啄木とはいえ、まわりの現実がぬきさしならぬ心理的負担となり〝運命と云ふ冷酷な奴が自分の寝相を覗いてゐる〟というような不気味な表現となってあらわれる。自分の置かれている状況がわかっているくせに、それでもまだ啄木は何のあてもなく上京し一旗あげようと企てる。普通に生きている人々の中で啄木は普通に生きられない。

啄木は、もう吉井勇や白秋のように耽美で日々を過ごすこともできず、黙って日銭を稼ぐこともできなくなった。このような自分の矛盾を社会が与えた矛盾とすることで、ようやく啄木は、社会主義に近づき明治末期の近代日本の社会状況に批判の目をむけはじめる。啄木にとって社会主義は、いわば生活と思想の必然が招き寄せたものであった。

少しさかのぼって、この明治四十一年（一九〇八年）の正月、啄木は金がないまま小樽で正月を過ごしたが一月三日に「新詩社の遺方には臭味があると、自分は何日でも然う思ふ。此臭味は、嘗て自分にもあった〔かも〕知れぬ。然し今は無い。毫末もない。此臭味は、ブル臭味である。ガル臭味である。尤も、新詩社の運動が過去に於いて日本の詩壇に貢献したことの尠小でないのは、後世史家の決して見遁してならぬ事である。」と、新詩社の思想的欠陥について触れ、そして翌日、社会主義演説会に出かけて、「今は社会主義を研究すべき時代は既に過ぎて、其を実現すべき手段方法を研究すべき時代になつて居る。尤も此運動は、単に哀れなる労働者を資本家から解放すると云ふでなく、一切の人間を生活の不条理なる苦痛から解放することを理想とせねばならぬ。今日の会に出た人人の考へが其処まで達して居らぬのを、自分は遺憾に思ふた。」と印象を記している。とにかく啄木には金がなかった。〝生活の不条理〟と彼は日記でくり返すが、まともに職を全うすることもできず不平不満を他人のせいにして、家族を置き捨てて流浪していたのである。

だが、啄木を非難するばかりでなく個人的境遇がどうであろうと、思想家としての啄木の敏感な臭覚は認めねばならぬだろう。日本の社会主義運動は、啄木の空想的な理想社会に見合うほどには成熟していなかった。啄木とても、簡単に言えば自分の貧困が解消されればいいと思っていただけなのである。「時代閉塞の現状」まではあと数年の時間が必要であった。むしろ、この時期、社会主義云々よりも、反自然主義を宣した鉄幹や新詩社の雰囲気がすでに啄木にとっては馴染めないものとなり、自然主義に傾斜しはじめていることの方が、後の啄木にとっては重大な要件であったと思われる。

鷗外や漱石などと同じく啄木にとっても自然主義は当初は不可解なものであり、文学的に敵対するものであった。世俗から離れて理想を声高らかに詠うことが浪漫主義者啄木の詩人像であったのだから、自然主義の小説を現実暴露であると感じたのは当然であった。ところが啄木には転機が訪れた。家族の重荷、新詩社の雰囲気を離れての北海道流浪、才能をもちながらも埋もれつつある自分、それに〝歌うことなき人々の声の荒さ〟、つまり、啄木自身がひきおこした現実の諸問題がおおいかぶさり、啄木を脱皮させるのである。いわばこの生き方と文学との関係こそが啄木を啄木たらしめたのであるから皮肉と言えば皮肉なものである。

　釧路に居ることに耐えられなくなった啄木は、とりあえず函館にむかった。岩見沢の姉の家から戻ってきた母親と節子たちの住む部屋を宮崎郁雨に用意してもらい、なおかつ厚かましく借金をしている。上京するにも啄木には金がなかった。郁雨の口から上京を勧められて啄木は舞いあがった。「家族を函館へ置いて郁雨兄に頼んで、二三ヶ月の間、自分は独身のつもりで都門に創作的生活の基盤を築かうといふのだ。」と日記に記している。上京間際に郁雨からまた十円を借りている。餞別であったのかもしれぬが、それにしても郁雨はもう完全なパトロンである。才能ある啄木を金銭的に庇護することで、郁雨は郁雨なりに優越感を抱いていたのかもしれぬが、啄木の妹の光子を嫁にむかえたいと申し出て啄木にすげなく断られたり、いささか煮えきらぬ男であった。成り上がりの商家の典型的な二代目のような男であった。

　だが、この郁雨の厚情が後に死期近き啄木の夫婦生活をズタズタにするのである。〝禍福はあざなえる縄のごとし〟と、言うべきだろうか。そして、その節子の不倫事件を後に公表したのが、郁雨が嫁にむかえようとした当の光子なのである。そして、啄木に断られ、郁雨が妻にしたのは、節子の妹のふき子であった。すべての苦難の原因は啄木にある。すべての苦難がいずれ啄木に襲いかかるのであるから、私たちはまたしても啄木のこの無謀な上京を複雑な思いで眺めることになる。

啄木は妻子と母親を北海道に残して、単身で上京した。啄木すでにと言うべきか、未だというべきか二十三歳であった。十七歳の初めての上京の時とちがって新詩社へのあこがれは、啄木の内部で変形していた。ただ、鉄幹や新詩社への失望を日記に書いたからといっても、啄木にとって鉄幹は文壇への唯一のパイプであった。今回こそは広く文壇にうって出ようという野心が渦まいていた。啄木には自信があった。漱石の『虞美人草』ぐらいの小説ならば一カ月で書きあげると豪語していた。だが、啄木の目論み通りに筆は進まず、せっかく書きあげた「菊池君」「病院の窓」などの自然主義的な作風の小説の売り込みにも失敗した。その間にも借金はかさみ、今度は友人の金田一京助の好意にとことん甘えることとなった。

啄木は与謝野夫妻を訪問してみた。鉄幹は赤字続きの『明星』運営に疲れ果てていた。漱石の作品を激賞し藤村を罵倒し、啄木に「来年あたりから小説を書いてみようと思ってゐるんだがね。マア、君、島崎君なんかの失敗の手本を見せて貰つてからにするサ」などと言っている。詩や短歌では生活費の足しにもならずに、啄木も鉄幹も晶子も小説への転身を考えていた。

与謝野家の生活も苦しく、本箱にも新しい本はなく、鉄幹は古着屋の店頭に曝された着物をきていた。そんな暮らしにもかかわらず鉄幹の部屋に電燈がついていることに啄木は驚き、その趣味を嘲る。いったい啄木にその資格があったかどうか。家族に強いた負担を思えば、啄木よりは鉄幹の方がまだ、ましな方であった。浪漫的な天才歌人のプライドを捨てきれずに、自然主義を嫌悪する鉄幹の姿に啄木は過去の自分の姿をそのまま見つけてしまう。だが、それも一種の自己憎悪であることを啄木は認めようとしない。

明星派の総帥鉄幹が簡単に自然主義に迎合することができなかったのは当然である。子規が「鉄幹是ならば子規非なり、子規是ならば鉄幹非なり」と並列し、その口から出たものはすべて詩であるとライバルの詩魂を認めたように、鉄幹の才能は並々ならぬものがあった。晶子も啄木も白秋もすべてその影響を強く受けていた。ましてや日本の自然主義小説の文体の源流は、子規の唱えた写生文にあったと思われる故に、鉄幹がそうやすやすと転換するわけにはいかなかった。

北海道流浪の間、新詩社の雰囲気から離れた啄木にとって、すでに鉄幹との文学上の差異が明瞭になってきていた。啄木とても自然主義にすぐ迎合することはなかったが、その勢いが必然のものであることも理解していた。現実社会の中で苦しみつつ生きる人々のことに鉄幹よりは少し理解を届かせていた。ジャーナリストの目が啄木にはそなわっていたし、啄木自身がまぎれもなくそのような民の一人であった。だが、短歌の器は小さすぎて玩具にしかならなかったし、小説を構成するには批評意識がじゃまをしていた。

その折の上京はもう後戻りのできないものであった。啄木は必死に小説の筆を進めようと日々呻吟し、失意と自信の狭間で悶々と過ごしていた。郁雨から借りた金がなくなると、啄木は完全なスカンピンとなってしまった。日記にももう美文調はあらわれなくなってくる。小説の構想は湧いても筆は進まず、二三カ月で生活のめどをつけるという甘い期待は完全に裏切られ、追い打ちをかけるかのように、函館から娘の京子の病気の報が届けられる。自分一人さえ満足に食っていけない啄木に、家族の重荷がのしかかる。啄木は金田一京助の厚意に甘え、借金をくり返すばかりである。

六月二十九日

目をさますと、凄まじい雨、うつらうつらと枕の上で考へて、死にたくなつた。死といふ外に安けさを求める工夫はない様に思へる。生活の苦痛！　それも自分一人ならまだしも、老いたる父は野辺地の居候、老いたる母と妻と子と妹は函館で友人の厄介！ああ、自分は何とすればよいのか。今月もまた下宿料が払へぬではないか？

To be, or not to be ?

死にたい。けれども自ら死なうとはしない！　悲しい事だ、自分で自分を自由にしえないとは！

起きたが煙草がなかった。一時間許りも耐へたが、兎ても耐へきれなくなつて、下宿から傘をかりて古本屋に行った。三十五銭えて煙草を買って来た。

このような部分が啄木の日記にしきりにくり返されようになってくる。それでも啄木は生業につこうとはせず小説にしがみつき、時おり短歌をもてあそび悲憤をまぎらわす。生活の重荷に追いつめられた果ての狭いながらも自由な三十一文字の空間で遊び､歌集『一握の砂』の作品を量産した。故郷渋民村での幼い日々、盛岡での学生生活、年老いた父母のこと、そして函館、小樽、札幌、釧路を渡り歩いた頃の思い出が次々と啄木の脳裏にドラマのワンシーンのように浮かびあがり、三十一文字の中におさめられた。「恰度夫婦喧嘩をして妻に敗けた夫が、理由もなく子供を叱ったり虐めたりするやうな一種の快感を、私は勝手気儘に短歌といふ一つの詩型を虐使する事に発見した。」と言う啄木自らの言葉が『一握の砂』の作品群の成立を、完璧に説明しつくしているだろう。小説がゆきづまり、借金地獄に追いつめられ、半ば自暴自棄になって啄木は歌興が湧きあがり、ひと晩で何十首、多い夜には百四十一首もの短歌をものにし、ついには「頭がすつかり歌になつてゐる。何を見ても何を聞いても皆歌だ」と言うほどの状態となったのである。

病のごと
思郷のこころ湧く日なり
目にあをぞらの煙かなしも

ふるさとの
村医の妻のつつましき櫛巻なども
なつかしきかな

かの村の登記所に来て
肺病みて
間もなく死にし男もありき

雨に濡れし夜汽車の窓に
映りたる
山間《やまあひ》の町のともしびの色

さり気なく言ひし言葉は
さり気なく君も聴きつらむ
それだけのこと

よごれたる足袋穿く時の
気味悪き思ひに似たる

思ひ出もあり

歌集『一握の砂』より無作為に数首抄出してみたが、いずれもさり気ないが仲々のテクニックと言うべきだろう。練りあげ凝縮されたアララギ派の秀歌のような声調はないが、三十一文字の風通しがよくなった分、読者の感情移入は容易になっている。場面設定にドラマ性があるために、一首一首が読後感にもたらす感興は意外と深い。このような短歌は詠むことが簡単なように見えるが、模倣して作歌してみれば、ツボを押さえることのむつかしさにすぐ気がつくだろう。一首三行書きによる余白がイメージの時間的な拡がりを促している。ここに盟友土岐哀果からの転用のみを指摘するのは、啄木短歌の独特のドラマ性を軽視することになる。啄木は自己詠嘆の三十一文字から離れ、自分をシチュエーションの中で戯画化するだけの力量をそなえていた。貧しい家族、年老いた父母から無責任にもたった一人で抜け出て放蕩していた啄木の身辺にドラマは数限りなくあった。自尊心、エゴイズムが啄木を孤立させていたために、人間関係の裂け目が露呈し、人々の像は鋭く刻印された。

北海道流浪と再上京後の生活の不如意を経て、初めて啄木は定型を自由に操ることができるようになったのである。啄木の短歌にとっては家族が不幸にならねばならなかった。なまじっかの借金程度では、天才啄木には何もこたえなかったのである。この啄木の短歌の不幸な成立を招いたのは啄木自身である。啄木は神経衰弱になることもなく、あたかも自己の資質に見合ったものであるかのごとく、周囲の人間を批判し、友人に迷惑をかけ、短歌をもてあそんだ。

村落共同体の枠組みの心情からすでに逸脱していた啄木にとって、人間臭のない自然の四季の移ろいはモチーフとはならなかった。明治末期の日本の農村からはみ出た人々の像が追憶の形式にのって、次々とドラマのワンシーンのように啄木の脳裏に浮かび定着させられた。それはアララギ派の方法では詠うことのできない部分であった。生活苦と文学の狭間にぎりぎりまで追いつめられ、啄木の短歌は定型の中で初めて自由となった。

ようやく、天才啄木の自尊心の鎧もはげかかり、言葉だけの美しい理想主義や英雄主義からも遠ざかってきていた。テーマは人間である。人間の生と死と別れである。わずか二十三歳とは言え啄木はこれらの材料にことかかなかった。もともと、自己劇化の強い傾向のあった啄木である。とにかく人生の初めから終わりまでドラマチックな男であった。そのドラマの一場面一場面が追いつめられた啄木の胸に浮かび、戯画化されて定型におさめられた。吉井勇や白秋などよりも、もっと風通しのよい場所に啄木は着地したのだった。

そして、啄木の人生を見通している私たちは、この啄木の短歌の背後にその家族の苦しみを想像し、つまりドラマの主人公啄木を立体的に見てしまうのである。啄木の短歌全体を貫いて流れる主調音は〈家族〉や〈村〉からの逸脱である。ここまで無責任に家族を放置し、なおかつ作品として定着できた人間は稀である。少なくとも生活苦や家族からの重荷がなければ、啄木の文学は能天気なものでしかなかったかもしれない。

だが、いくら短歌も量産してみても、啄木の生活の苦しさは変わることがなかった。下宿代を滞納し、煙草代や俥代にもことかき、また借金をかさねた。家族を東京に呼び寄せることなど、とてもできるものではなかった。創作活動も行きづまるが、この年の暮にわずかな光明がきざす。東京毎日新聞に啄木の小説「鳥影」が連載された。啄木は連載第一回の切りぬきを節子に送り、日記に「予の生活は今日から多少の新しい色を帯びた」と記した。啄木にとっても大きな出来事であったが、一日千秋の思いで啄木の成功を待ち望んでいた家族の喜びはそれ以上のものであっただろう。だが、新聞小説を連載したところで借金の多い啄木に仕送りできる余裕はなかった。北海道の家族も同じようなもので、正月の節子からの封書の賀状には、大晦日に室料を払ってわずか五厘しか残らなかったとしたためていた。

明治時代後期の文芸思潮をリードし衆目を集めた『明星』も終刊となり、啄木は『スバル』創刊に力を入れることになった。この『スバル』は新詩社系の木下杢太郎、吉井勇、平野万里などによって一応は自然主義文学への対抗運動のような形でおこされたが、啄木には創刊準備の頃から他の参加者との立場上の差異があった。鉄幹の自然主義黙殺の態度を目のあたりにしてから、啄木はますます浪漫主義の無能さを強く感じはじめた。

啄木が東京にいたならば白秋たちよりも早く新詩社を退会したかもしれない。いや、それよりも、啄木が何の苦労もなく東京で遊興にふけっていたら、鉄幹のように自然主義への敵意しか持たなかったかもしれない。敏感な啄木は自然主義の小説を読み、驚きを隠しえなかった。啄木が今まで想像もしなかったような小説が次々と書かれ世にむかえられてゆく。生活に根ざした文学が大きな勢いでひろがってゆくのを、啄木は半ばうろたえながら北海道で傍観していたのである。

『明星』の浪漫主義は自然主義に敗れた。日本中の青年たちが大言壮語、美辞麗句の詩よりも現実暴露に近くとも生活を赤裸々に描いたものに心惹かれた背景には、日本の農村が疲弊し貧困が渦まいていたその当時の社会状況が横たわっていた。自然主義は別に理論的に卓越していたわけでもないし、その社会意識も中途半端な部分があった。だが、何よりも貧乏人の書いたものに貧乏人が共鳴するのは自然の理であった。

鉄幹に悪文と言われようと、文人としての才が乏しいと言われようと、平凡であると言われようとも、自然主義文学の擡頭は社会の必然であった。流民であった啄木には、そのことが理解できていた。ただ啄木は、このままでは自然主義文学が行きづまるであろうと予想はしていたが、何よりも新詩社で育った啄木にとっては、まともにその日本の現実を見すえようとしない鉄幹に失望感を抱かざるを得なかったのである。

しかし、啄木の書いた自然主義的な小説は認められなかった。『スバル』創刊に際しても啄木は混迷していた。肌あいが合わぬのに新詩社グループから完全に抜け出ることができなかった。啄木にとって文壇はそこにしかなかったのである。新詩社系の文学者たちの中で啄木は『明星』的なものと闘うことになる。鉄幹直系の平野万里との編集上のいざこざは意外と根の深いものであったと私は思う。この頃、日記の中に「平野（葉書き）」「平野へオドシの手紙」というようなものが頻出する。

したがって、啄木が自分の文学観を確立すれば、この『スバル』の軋轢を放り出して離反してゆくのは当然であった。反自然主義運動は、おおざっぱに言えば構成人物が重複するかも知れぬが『白樺派』『パンの会』『三田文学』『スバル』あたりに拠って活動したが、鷗外と漱石をのぞけばほとんどの文学者は人道主義か耽美派かデカダンスへの道をたどっていった。このような動きの中で啄木の位置とその仕事の特異性はやはり認められてしかるべきであろう。

「鳥影」の原稿料は借金を返すだけにとどまり、啄木は東京朝日新聞に校正係として入社した。啄木は「明星」的なものから遠ざかりはじめる。もうただの天才気取りの浪漫詩人ではない。啄木が文学的にも家庭的にも本当に苦労するのはこれからである。私たちは啄木がのたうちまわるその死までのわずか三年の過程をこれからつぶさに見届けることができる。

北海道に残された節子は小学校の代用教員に出ていた。働きに出るためには娘の京子の守りが必要だった。光子がいるうちはまかせられたが、そのうち、光子も伝道師の道を歩みはじめ、元々、折合いのよくない姑のカツも岩見沢に戻ってしまうと、もはや、にっちもさっちも行かなくなり、京子を連れて上京しようと郁雨に相談をした。啄木は相変わらず借金をしながらの三畳半の間借り暮らしであるから、それはとても無理な相談であった。啄木は郁雨からその件を聞かされて冷や汗を流した。

啄木が東京朝日新聞に職を得たという知らせは家族を喜ばせた。ことに、また函館に戻った母のカツは気の合わない節子と狭い部屋で角をつき合わせる暮らしに嫌気がさし、一日も早く東京に呼びよせてくれと平仮名の手紙で啄木に訴える。雨の洩る部屋で「おっかさん!」と、むずかる風邪気味の京子の世話をしながら、ひたすら啄木が呼びよせてくれるのを待ちこがれている。

しがつ二かよりきようこがかぜをひき、いまだにおならず、(せつ子は)あさ八じで、五じか六(じ)までかえらず。おつかさんとなかれ、なんともこまります。それにいまはこづかいなし。いちえんでもよろしくそろ。なんとかはやくおくりくなされたくねがいます。おまえのつごうはなんにちごろよびくださるか?ぜひしらせてくれよ。へんじなきと(き)はこちらしまい、みなまいりますからそのしたくなされませ。はこだてにおられませんから、これだけもうしあげまいらせそろ。かしこ。

母カツからの五本目の手紙である。たどたどしいながらも、まちがいも少なくなり、字もうまくなってきている。啄木はそれが悲しかった。この半分脅迫めいた手紙を書かせている原因は他ならぬ自分自身なのだった。勤めはじめたとはいえ啄木にはまだ借金が残っており、出社の電車の切符にもことかく有様であった。借金さえなくなれば、どうにか家族と暮らしていけるかもしれないが、その現状を老母に知らせる勇気がなかった。借金を返済しようという気持ちや、家族を呼びよせようという気持ちも啄木にはあったのだろうが、自分の置かれた立場を忘れたかったのか、この頃しきりに浅草に出かけては売春婦を買っている。

この年の四月から啄木はローマ字で日記をしたため、家族が上京した日でその試みは中断されている。このローマ字日記は啄木が書いた中で最もおもしろいもののひとつである。啄木は普通の人には読めぬローマ字で書きながらも、どこか読まれることを念頭に入れてこの日記をしたためたふしがある。場面の構成が小説めいたつくりであるし、家族が上京した時点で終えられているのも、ただ家族の目にはふれられたくないという理由だけでは了解できぬところである。啄木は新しい表記法を使用しながら、新しい自分を赤裸々に出してみたかったのかもしれない。

とにかく、このローマ字日記で目につくのは売春婦あさりである。秋から春にかけて啄木は十三、四回浅草に出かけて売春宿にあがっている。啄木死後、このローマ字日記がずっと公表されなかったのもそのためであろう。しかし、実におもしろい。他人の秘密の日記を覗き見しているような臨場感があり、しかも、その場面が小説的によく構成されており、少なくとも啄木の小説よりはずっとおもしろい。読者である私たちは啄木の悲惨な最期も知っているし家族の窮状も知っている。つまり、夭折ドラマの主人公としての啄木を知っているだけに、借金地獄の中での女あさりとはいえ、わずかな慰安を認めてやりたくなってしまう。

売春宿へ行ったからといって、啄木の気持ちが安らぐわけでもない。むしろ、「また、あんな場所に行つてしまつた」と、自分をさげすむばかりである。借金にがんじがらめになっている売春婦も啄木と同じような境遇である。売春婦と一緒に寝ていても、啄木の苛立ちは増すばかりだった。啄木は十八歳にしてすでに年増のように肌の荒れたマサという女を買い、その局部に五本の指を入れてかきまわし、最後に手首まで入れたその手をマサの顔にぬりたくり、「そして、両手なり足なりを入れてその陰部を裂いてやりたく思つた。裂いて女の死骸の血だらけになつて闇に横たはつてゐるところを幻になりと見たいと思つた！」と記している。啄木の自殺願望の一種の変形かも知れぬが、ここまで気持ちが殺伐とするのであれば売春宿に行かなくともよいのにと言いたくなる。自分を勝手に追いつめて悲劇の主人公面をしている啄木が、ここまでくれば実にあわれな男のように見えてくるから不思議である。筆の力というしかないだろう。啄木は売春宿に行っては恐ろしいほどの哀しみに直面し、金を浪費しつづける。

このあわれな啄木が、同じ浅草の売春宿で釧路の小奴によく似た花子という名の女に出会って、うっとりと一夜を過す段になると、私たち読者も殺伐とした中に何かほのかな灯りが見えたようなほっとした気持ちになってしまう。あと数年の啄木の命を思えば、しばらくそのまま女の肌のぬくもりに身を埋めていてもらいたいとさえ思いはじめる。

このローマ字日記の性描写のおもしろさは、啄木の生活が追いつめられる所まで追いつめられているために、放蕩がただの放蕩ではなくて何かぬきさしならぬ雰囲気を漂わせているからである。その点では荷風の花柳界ものとは全くちがっている。この日記の背後には啄木の家族の窮状が低音の響きをもっていつも私たちに届いている。啄木が女の肌でその身をあたためている時にも、北海道では母のカツと妻の節子と娘の京子が冷たいふとんに身を横たえている。そして、カツの肺をむしばんでいる結核菌が狭い部屋でいっしょに寝起きしている節子と京子に少しずつ感染しているのである。

この年の六月十日の朝、にえきらぬ啄木にたまりかねたように節子たちが函館をひきはらい盛岡まで来たという手紙が届いた。結論を持ちこしていたことが、急に眼前にあらわれた。

啄木は「つひに！」と思った。もう覚悟しなければならない。逃れることはできない。しかし、まあ、この「つひに！」という啄木の言葉の何とリアリティのあることか。娘の京子は三歳半のかわいいさかりであるし、最愛の妻の節子とも久しぶりであるのに、啄木のこのあわてぶりは滑稽でさえある。

六月十六日、郁雨につきそわれてカツと節子と京子が上野に到着した。郁雨が送ってくれた金で啄木は本郷弓町の床屋の二階に二間を貸り、滞納していた下宿代は金田一京助に保証人に立ってもらって月賦返済ということで話をつけた。いよいよ嫁姑の確執と生活苦がまともに啄木におおいかぶさってくる。一年二カ月ぶりの家族との対面だというのに暗澹たる啄木である。

さて、これからの啄木の苦悩をどのように書こうか。啄木の死まであとわずか三年しか残されていない。この三年間で啄木の家庭は貧困、嫁姑の不和、節子の家出、家族三人の病気、長男の死、父一禎の家出などでもうズタズタにされてゆく。だが啄木は最も良質な仕事を評論でなしとげ、明治末期の日本帝国主義国家権力にぶちあたり、国家の本質ににじり寄ろうとするが結核菌にむしばまれた小さい身体は志半ばで、わずか二十七年の短かい一生を終えるのである。

それにしても、この酸鼻の極とも言うべき家庭の有り方については、一読者である私たちさえ啄木の無責任さを嘲ることをためらわせる。家長としての啄木はあまりに若いし責が重すぎる。そのような足枷があってこそ初めて啄木は啄木独特の文学を結実させたのであるとはいえ、夢と希望に燃えた天才詩人の末路が家族全滅になるとは、いったい凡庸歌人のままに渋民村の僧侶にでもなって一生を終えた方がよかったのではないか、と言いたくもなる。

それでは啄木は明治末期の社会状況の中で〈家族〉をどのようにとらえていたのだろうか。結核が日本の自然主義文学の隠れたテーマであったとすれば、家の問題は表にあらわれた大きな課題であった。藤村の家族制度との苦闘が国家や社会にまで届いていないということだけで、非難をするのは的はずれである。確かに自然主義者たちは、社会に目をつむりおのれの家の中での出来事を描くのに終始したふしがあるかもしれぬ。だが、儒教的な家族制度は日本近代帝国主義の支配構造を支える大きな柱であったために、その矛盾を掘り下げることが最も容易な批判となるという側面もあった。

忠と孝がセットされて道徳的規範に確立され、家族全員の完全な扶養義務を背負った戸主は強力な権威を有していた。ペアとしての男女の関係よりも、親子の縦の関係が重視されていた。民が信じていたか、いなかったかは別として、皇室は家族制度の上限にすえられ、君臣間の忠誠心とは絶対服従以外の何ものでもなかった。この支配様式に対して敏感な者は、家族制度の内にその末端のパワーを視たであろう。他人と対決することはたやすくとも、肉親間の桎梏はひとすじなわではいかない。

ただ、ここでことわっておかねばならぬのは、社会制度を批判的に作品化させることのみに文学評価の力点を置いてはならないということである。批評や評論であれば、日本の家族制度の欠陥の指摘ですませることもできるだろうが、日本の家族の弱点を生きぬき描き出すことも、また文学の力であるはずだ。文学はそんなに前向きなものではない。限界のぎりぎりを生きる力があれば、明治の家族国家間の幻想は霧散するのである。

啄木が渋民尋常小学校へ入学する前年の明治二十三年（一八九〇年）、教育勅語が発布されている。憲法制度から教育勅語の流れによって、明治政府は天皇制イデオロギーの系統的な普及を完遂した。学校教育の基本には「父母ニ孝ニ、兄弟ニ友ニ、夫婦相和シ、朋友相信シ……」の徳目がすえられ、これを修めた臣民は「一旦緩急アレハ、義勇公ニ奉シ、以テ天壌無窮ノ皇運ヲ扶翼スヘシ」と、天皇家のために身を捧げつくすことを強いられた。

儒教的な忠誠観と、日本古来の祖先崇拝が天皇を頂点とする家族国家観に見事に収斂されてゆき、国家幻想は縦型の構造に組みあげられ、その根本には日本の村々の産土神への信仰と、家父長的道徳に固められた家族がすえられる。信仰、家族、教育にわたって、この支配的強制力は貫徹されている。日本の旧道徳や非合理性を利用して、絶対的な支配体制をつくりあげた明治の官僚の政治的力量には完服するしかないだろう。

日本古来からの宗教観はもっと自由なものであり、悪く言えばいいかげんなものであった。魂はあちこちに遊離し、聖と俗とは融合し、日本中の村落のあちこちにいろんな神がすえられていた。家の中のかまどや床の間や裏口や便所にも神は住んでいた。仏と神の区別など、どうでもよかった。神は絶対的なものではなく、人間にきわめて近いものであり、現世利益的であった。

農耕儀礼から発達した神道は社をかまえていたが、アニミズムは民の暮らしぶりにしっかりと根をすえていた。国家の骨組みをつくるためには、本来イデオロギーも何もない民間信仰の頂点に、わざわざ現人神をつくりあげて、体系的なものとし、それを疑うことの許されぬ国体にまで高めあげることが必要なのであった。日本中の村々の暮らしの中で長い間つちかわれてきた「長いものにはまかれろ」型の思考型にその支配様式は見事なまでに合致していた。

　啄木は明治支配体制の確立期に生まれ、国勢そのままに天才を気取り、そのうち、日本中の農民と同じように疲弊し、そして、明治末期に〝強権〟にぶちあたるのである。啄木が無自覚であるにせよ、〈家〉に対してラジカルであり得たのは、明治日本が急造でいびつであったからである。啄木は、はみ出し者であったために急進的であった。


　啄木の〈家族〉とは流民であって、村落共同体内部の葛藤や家系からも自由だった。貧困が重くのしかかっていたが、啄木の家族は〝裸形〟であった。妻の節子にしても、バイオリンを習う教養ある女性であったし、ひたすら親を立てて耐え忍ぶタイプではなかった。藤村の家柄などにくらべれば、啄木の家族は貧しさゆえに細分化されて、一禎にせよ、カツにせよ、妹の京子にせよ、節子にせよ、砂粒のようなものであった。明治末期の日本の家族制度から、観念上は苦しみながらも、現実的にはみ出てしまっていたことが、啄木に無責任ながらも自由な視点をもたらすのであるから、またしても私たちは啄木の文学の〝あざなえる縄のごとき禍福〟をここでも見るのである。

　天才的な浪漫詩人啄木が誕生するのは、父と子の相剋もない、好き放題のできる啄木の家は適していた。ただ、貧困だけが啄木にとってどうにもならないことだった。裕福な家であれば、啄木も白秋のように何の生活苦労もなく官能の世界を展開したかもしれぬ。啄木は天才ぶりをいいことに、友人に甘え、家族を置き去りにしていたが、ついに家族の上京によって、にっちもさっちも行かぬ場所に追いつめられる。

ローマ字日記の末尾の「十六日の朝、まだ日の昇らぬうちに予と金田一君と岩本は上野ステーションのプラットホームにあった。汽車は一時間遅れて着いた。友、母、妻、子……倖で新しい家に着いた。」という簡潔な文章に不気味な印象を感じるのは、これからの啄木一家の悲惨な末路を知っている私たちの深読みばかりではない。啄木の不吉な予感が、この文体に滲み出ているからである。

啄木にとって〈孝〉は果たそうとしても仲々できぬものであった。実際、本当にその気があったのか疑わしい所もある。だが、その実現不可能なことを、啄木は三十一文字の中で映像化した。

たはむれに母を背負ひて
そのあまり軽《かろ》きに泣きて

三歩あゆまず

燈影なき室に我あり
父と母
壁の中より杖つきて出ず

この啄木という感情の揺れの大きな個性は、その振り巾の上限と下限でいつも何かを探りあてて定着される。重荷がなければ、啄木の文学はまったく浮わついたものでしかない。定型という玩具で遊びながら、啄木は仮構の中の感情の真実に行き届いている。たとえ、大仰であろうとも、興に乗った啄木はもう一人の自分を発見している。

書くということ、作品を創造するということは、日常の自分から離れることである。生活の範囲の中で自己を練りあげれば、あのアララギ派の詠みぶりとなるだろうが、啄木はその枠組みから、貧困や小説の行きづまりなどの圧力を受けて転位した。この転位は明星派歌人の啄木にとっては、ただの手なぐさみに近いものであったかもしれぬが、明治の短歌の流れを考えれば、非常に有用なものであり、形骸化しはじめた三十一文字に命を吹きこむことができた。
啄木の〈家〉や〈孝〉は成立不可能であったばかりではなく、ただ、そこから啄木は逃れたい一心であった。家族制度と国家との連関を権力構造として把握していたわけではない。

現在の夫婦制度――すべての社会制度は間違いだらけだ。予はなぜ親や妻や子のために束縛されねばならぬか? 親や妻や子はなぜ予の犠牲とならねばならぬか? そんならなぜこの日記をローマ字日記で書くことにしたか? なぜだ? 予は妻を愛している。愛しているからこそ日記を読ませたくないのだ、――しかしこれはうそだ! 愛しているのも事実、読ませたくないのも事実だが、この二つは必ずしも関係していない。そんなら予は弱者か? 否、つまりこれは夫婦制度という間違った制度があるために起こるのだ。夫婦! なんという馬鹿な制度だろう! そんならどうすればよいか?
悲しいことだ!

このような部分は、啄木の能天気といおうか、無責任といおうか、自由といおうか、とにかく彼の個性がよく表れている。啄木は明治の家族制度や家族国家観から、完全にはみ出ていることだけは確かである。現実問題を処理する能力に完全に欠けていた。俗なる現実にわずらわされぬことが詩人の条件であるというテーゼの尾っぽを、まだ啄木はひきずっていたのかもしれない。これでは〈家〉という身近なテーマから作品を構成することは不可能であった。バラバラになった家族と自分の姿を赤裸々に描いたローマ字日記の方が、ずっと小説らしくなったのだから皮肉なものである。

家族間の桎梏は制度上の不備にすりかえられ、啄木にとってはただ感情上の〈家族〉が成立するだけである。かといって、啄木は制度上の課題を追求しようとするわけでもない。帝国主義の列強が覇を競うこの二十世紀初頭の段階で、啄木の不満を解消してくれるような国家社会は幻想でしかない。

啄木の呻きの断片に過度に意味を持たせ、家族制度への抵抗者として過大に評価するような愚は避けねばならない。かといって、全く家族制度に無自覚な文学者として遇することも、また誤ちである。とにかく、啄木はこのような生き方と思惟の展開しかできなかった。だが、安易な暴露趣味に走りがちな自然主義文学への批判や、明治末期の日本社会の〝強権〟への洞察の端初はここにあるのだから、啄木の問題意識はその背丈と同じ大きさで認めなければならない。

さて、本郷弓町の新しい啄木の家では、半年もたたぬうちに、姑カツとの不和に耐えかねた節子が、京子を連れて盛岡の実家に帰ってしまった。二十日ほどして戻ってきたが、節子はこのころからすでに結核菌にむしばまれていた。肋膜炎と診断され、病院通いが始まった。この家出事件が、ますます嫁姑の確執を激しくしたであろうことは想像するに難くない。この年の暮れ、父の一禎も居候生活に遠慮が生じたのか、家族の温もりを求めたのか、野辺地から上京し、啄木の一家は五人となった。家族がそろったとは言え、めでたいとは言いかねる日々の暮らしぶりであった。借金をかかえた薄給の啄木、間借りの六畳二間に嫁姑の不和に軋む一家五人である。

ところが、啄木の仕事ぶりはこのころから充実しはじめる。啄木の〈晩期〉がはじまるのである。『二葉亭四迷全集』の校正をまかされ真剣にとりくみ、歌集『一握の砂』の準備をはじめ、社会主義関係の本を読みあさっている。評論「食ふべき詩」「きれぎれに心に浮かんだ感じと回想」も、この時期に執筆されている。そして、自然主義に傾斜していた啄木は転回し、この頃から、自然主義批判を本格的に開始しはじめる。

自然主義は旧道徳や封建制に対峙して作品を生んできたが、次第に没社会的になり、日常瑣事に終始しはじめると、短歌におけるアララギ派の歌風同様の欠陥を露呈する。自然主義小説は、子規の唱えに写生文と全く変わりのないものとなってしまった。啄木は退屈なことが大嫌いな男であるから、自然主義小説の弱点をすぐに見抜いた。

自分の貧乏を一挙に思想的に解決したいがために社会主義に目覚めた啄木は、この時期からようやく日本の社会的矛盾からの必然の要求として社会主義をとらえはじめ、あの「時代閉塞の現状」を書きあげるのである。

我々青年を囲繞する空気は、いまやもう少しも流動しなくなつた。強権の勢力は普《あまね》く国内に行き亘つてゐる。――さうして其発達が最早完成に近い程度まで進んでゐる事は、其制度の有する欠陥の日一日明白になつてゐる事によつて知ることが出来る。

斯くて今や我々青年は、此自滅の状態から脱出する為に、遂に其「敵」の存在を意識しなければならぬ時期に到達してゐるのである。それは我々の希望や乃至其他の理由によるのではない、実に必至である。

文学――彼かの自然主義運動の前半、彼等の「真実」の発見と承認とが「批評」としての刺戟を有《も》つてゐた時期が過ぎて以来、漸くたゞの記述、たゞの説話に傾いて来てゐる文学も、斬くて復た其眠れる精神が目を覚して来るのではあるまいか。何故なれば、我々青年の心が「明白」を占領した時、其時、「今日」の一切が初めて最も適切なる批評を亨《う》くるからである。時代に没頭してゐては時代を批評する時が出来ない。私の文学に求むる所は批評である。

これがまあ、あの天才気取りの極楽トンボの啄木か、自然主義的な小説を何本か書いては世に迎え入れられなかった啄木かと、少なからず驚いてしまう。当時の歌人や小説家、詩人の批評精神のレベルをはるかに上まわっている。啄木の変貌のスピードは常軌を逸している。思惟を練りあげ、日々の中で確かめる間もなく啄木の主張は変化してゆく。それは啄木の痩身に様々の圧力がおおいかぶさってきたためである。だが、何よりも、歌人でもなく、小説家でもなく、ジャーナリストとしての啄木の才能をここで認めるべきだろう。この文章の底が抜けたような小気味よさは、すべてを喪失した啄木がここにあらわれているからである。

自然主義作家といっても、花袋、藤村、白鳥、秋声、泡鳴……それぞれの個性があり、もとより、ひとくくりにできるものではなかった。それぞれの文体や、問題意識に応じて自然主義的なものを書いていたのである。文学エコールとしては白樺派などよりも、雑多な集合体であり、そのことが日本の文学土壌に合致していた。

日本の自然主義作家には、共通の主義や「共同の怨敵」が欠けていた。啄木にこの「時代閉塞の現状」を書かせる動機となった魚住折蘆はその論文の中で、日本の自然主義作家の「共同の怨敵」は「家族と云ふオーソリティ」であると指摘したが、啄木は「家族」よりも「強権」に対して不徹底であることが、自然主義文学衰微の原因であると見なした。批評精神こそが時代閉塞の現状に楔を打ちこむことができると、啄木は声高に主張する。

確かに、憲法の万世一系も、教育勅語の徳目も、明治政府が列強に伍する近代国家となるために必死に創りあげた幻想であった。古き日本の道徳律と、新しき日本の国益が溶けあわされて鋳造された神格に、現人神の天皇が鎮座したのであるから、啄木の指摘は的をえている。ジャーナリストとしての嗅覚も敏感である。だが、これをもって啄木を社会主義者による天皇制批判の先駆者として、もてはやす気にはなれない。

この論文が『東京朝日新聞』に掲載されなかったことは、ますます啄木を〝敵〟への洞察にむかわしめ、〝強権〟への憎悪が高まったことだろう。この「時代閉塞の現状」の尻をまくったような小気味よさは、文学者啄木の小気味よさではない。啄木の短歌は女々しいものであり、政治意識の裏側にある捨てるに捨てられぬ苦しみや哀しみそのものであった。啄木がもてあそんだ定型からの慰安は、幻想としての〝国体〟や〝強権〟を信じることができた民の心情に合致するものであったかもしれない。村落共同体からはみ出た民の帰属感は、国家としての統一性によって吸いとられたのである。さらに言えば、啄木死後、その短歌が世にひろく行きわたった事も、民の内部が抱えた喪失感と無縁ではなかった。

啄木は「明日」と叫び、「批評」を求めるが、やはり、ここに来てもまだ浪漫主義者啄木の影が見えている。ジャーナリストとして〝強権〟の指摘は正しい。だが、文学者啄木にとって〝強権〟とは、壁の向こうにある何物かであった。〝強権〟の立案者も為政者も、それを支えている臣民も、啄木が渋民村や北海道流浪の間に見た人々と、寸分変わらぬ農民の裔にすぎない。

もしかしたら、啄木はこの〝強権〟が望ましい方向へとむかい、貧困が解決され人々の暮らしぶりが勢いのあるものになる可能性があるならば、それに賭けたかもしれない。見事な超国家主義者になり得たかもしれぬ。啄木のこの数年の激変ぶりを見ると、ついそのような危惧を抱いてしまう。この想像もまた、先駆者的社会主義者啄木像と同レベルの捏造でしかないのだが、いずれにせよ、この「時代閉塞の現状」の論理の明晰さは、ある危うさをかかえていると思われる。

啄木の言う〝敵〟もまた、自然主義を育んだ日本の文化風土によって生み落とされたものである。自然主義文学は、日本帝国主義を支えた民の政治的情動の根元にある生活意識を描くことに成功した、と言っていいだろう。啄木は、その盲目的追従にがまんできなかった。批評精神を切望した啄木の心理は、手にとるように理解できる。だが、この当時、啄木のこの主張を充たすような運動は絵にかいたもちのようなものであった。文学とても同じようなものであった。むしろ、社会から離れて孤高の位置を保った漱石や、日本帝国主義内部に生活の場を持っていた鷗外などの方が、日本の文学という巨きな視点から、苦しみながらも秀れた作品を生み出している。

文学作品の生み出される経路というのは、本来、わけもわからぬものだ。文学とはそのようなものであるし、そのことによって独自であり得る。啄木自身も、〝批評〟を内在させた作品などは、自分のものとすることができなかった。一体、中野重治の「啄木に関する断片」の次のようなくだりは、啄木の文学のどこを突っつけば出てくるのだろうかと思う。

　啄木は、アナキズムの根本的誤謬の発見を報告するために金田一氏を「杖にすがって」訪ねている。彼は明らかに「社会主義的帝国主義」の言葉を用いている。しかも彼自身この表現の妥当ならぬことをことわっている。時代の閉塞を論じた際、日本の資本主義が帝国主義の段階を過程しつつあることにたいする彼の明確な認識を（けれどもただ経済学的名辞を用いることなしに）彼自身すでに語っている。社会組織を呪詛するその口をもって涙ぐましくいっさいの現実を肯定したということそれ自体が、社会主義的帝国主義なる表現のあらゆる不完全さにもかかわらず、まさに何を指すかを明々瞭々と示唆しているのである。

　我らをして彼の詩歌のうちに痕跡を残せるその観念的虚無主義とナロドニキツームとにかかわらず、彼の真実の姿を、彼の方向を、明確に感じ取らしめよ。必然こそ最も確実な理想である。彼の理想をして復活せしめよ。彼の相続をして石碑の建立の感傷性に終らしめるな。

中野重治もまた〝必然〟に駆られて、啄木像を捏造している。「唯一つの真実——「必要」」を発見した啄木の存在を、日本社会主義文学にとっての必然にすえたかったのか、あるいは自らの軌跡同様に抒情詩から抵抗詩への〝歌のわかれ〟を、啄木に設定したかったのか、おそらく、その両方であったにちがいない。啄木の最後の思想のみが、啄木の〝真実の思想〟ではない。確かに啄木は、ギリギリの地点まで追いつめられて、明治末期の日本の社会状況の根源にぶちあたった。だが、命数が許されていれば、啄木はその直感を練りあげて思想として一仕事できたか、それは別の問題である。〝強権〟を指摘しただけでも、この当時の文学状況を考えれば、特筆すべきことにちがいないのだが。

センチメンタルな甘口の啄木も、中野重治の言うような辛口の啄木も、どちらも大きく揺れ動く啄木の心理の両極端であって、一方を否定し一方を肯定すれば、それなりの啄木像が現れるだけである。啄木の「社会主義的帝国主義」云々の発言に過剰な意味を附加して詮索するのは、いささか針小棒大の気がしてならない。啄木が幸徳秋水たちの思想に誤ちを発見したか否か、というようなことも、啄木のあの混乱、矛盾の内奥を考えれば同じような印象を感じる。

啄木は「時代閉塞の現状」において、日本帝国主義がもたらす民の無気力を曝き、欠陥を示唆したが、あくまで〝強権〟をイメージアップさせ「明日の考察！」と叫んだのみで、その構造の内部にまでメスを入れることはなかった。文学者の社会批評としては、当時のレベルをはるかにぬきん出ていたとはいえ、啄木にはそのモチーフをおのれ自身の課題として洞察する、いわば意識のダムのようなものに欠けていた。啄木は社会状況に不満を抱き、旗を振っていただけであった。啄木生来の対象物の欠点を穿つことにたけた天才気質も、ここまでくれば本物である。その心理は「人がみな／同じ方向に向いて行く。／それを横よりみてゐる心」という短歌そのままであった。小説家としての結実を許さなかった、この啄木の性急さも、許された命があとわずかであると思えばうら哀しく感じられる。

啄木が「時代閉塞の現状」を執筆して、一カ月ほどたったころ、長男の真一が生まれた。しかし、わずか生後三週間ばかりで死亡。周知のように、真一が生まれた日に啄木は歌集『一握の砂』の出版契約を結び、見本刷りが出たのは真一の葬儀の日であった。様々の禍福が啄木の残り少ない命をせきたてる。歌集『一握の砂』の末尾には、追加された挽歌がすえられている。

真白なる大根の根の肥ゆる頃
うまれて
やがて死にし児のあり

おそ秋の空気を
三尺四方ばかり
吸ひてわが子の死にゆきしかな

かなしくも
夜明くるまでは残りゐぬ
息きれし児の肌のぬくもり

短歌という型式は、肉親の死を詠む時にどうしてこうも異和なく嵌るのだろうか。いずれも啄木の歌の中でも、飾り気なく詠みこまれた秀歌であろう。感情をおさえ、事実を客観的に眺めつつ、自分の心を静かに見つめている。生後わずかであれば、このような悲しみ方しかなかったのだろう。

外の畑の土の中では、大根がみずみずしい根を太らせているというのに、生後二十四日で人間らしい感情もないまま、わずか〝三尺四方〟ばかりのこの世の空気を吸っただけで死んでいった、いとけない子供。その肌に明け方まで残っていた温もりが、父親啄木を悲しくさせる。〝三尺四方〟という形容にこめられた〈父権〉は哀しい。

うちひしがれるような悲嘆ではなく、やりきれぬ悲哀であった。とにかく、これが啄木一家にこれから次々と訪れる死の始まりだった。


長男真一の葬儀の三カ月後、啄木は慢性腹膜炎と診断され入院する。腹膜炎とはいえ、結核性のものであった。医者は養生しなければ肺にまでひろがるおそれがあると啄木に伝えた。数日後、下腹部と肋膜から水を抜きとる手術を受けた。幸い、経過は良好でしばらくたって退院をしている。

だが、いくら手術後の経過が良好とはいえ、啄木は出社することもできず、借金だらけの家計はますます火の車となり、賃金の前借り生活が続いている。啄木は発熱に苦しみながら鬱々と日日を送り、前年からの大逆事件の報道に病身をねじるようにして接近し、陳弁書を写したり、裁判記録に目を通したりしている。啄木の感受性はひきしぼられ、〝強権〟の一点へと研ぎすまされた。

被告二十六名中、極刑二十二名という裁判結果は、啄木を絶望の淵にたたきおとすのに充分だった。啄木は熱っぽい身体で社会主義関係の文献を読みあさり、「日本無政府主義者隠謀事件経過及び附帯現象」をまとめ、退院後の五月には「A LETTER FROM PRISON 'V' NAROD' SERIES」を執筆している。

〝強権〟に疑義を感じていた啄木にとって、大逆事件からの衝撃は大きかった。啄木の思想は鋭くなり、社会全体に批判の目をむけてゆく。例えば、日露戦争への視点も以前とは全くことなったものとなってゆく。

啄木は以前は主戦論者であった。それも、かなり好戦的な主張をなしていた。もとより、その当時において、それは珍しいことではなく、ごく一般的な日露戦争の受けとめ方であった。ましてや、益荒天ぶりを誇る新詩社の詩人であった啄木が、美文調の主戦論をしたためていたところで、それは確固たる思想基盤があったからのものではない。啄木の日記にも、その類の感想が頻出している。

東亜の風雲漸く急を告げて、出師準備となり宣戦令起草の報となり、近来人気大に引き立つ。戦は遂に避くべからず、さくべからざるが故に我は寧ろ一日も早く大国民の奮興を望むものなり。（明治三十七年一月十三日）

新紙伝へて曰く、去る八日の夜日本艦隊旅順口を攻撃し、水雷艇によりて敵の三艦を沈め、翌九日更に総攻撃にて、敵艦六隻を捕拿し、スタルク司令官を戦死せしめ、全勝を博したり、と。何ぞそれ痛快なるや。（同年二月十一日）

このような啄木の感慨は、日本中の国民の興奮と全く重なりあうものであっただろう。日本国民は日露戦争を避けることのできなかった外交の未熟さに憤慨することなく、〝義戦〟に熱狂していたのである。その〝義戦〟によって日本中の村々が、これから疲弊してゆくなどとは、思いも至らなかった。

この当時、啄木は自我の拡張を、そのまま日本の戦争遂行と勢力拡大に結びつけていた。浪漫主義者が帝国主義者になるのは、実に簡単なことであった。啄木の戦争論も空想の域を出るものではなかった。「戦雲余録」などは全くもって、ロシアと日本の現状を無視した帝国主義的な自己陶酔以外の何ものでもなかった。日露戦争がロシアを刺激して、哀れむべき暴圧から民を救い出すことができれば、その幸福は「彼等弱者の上のみではないであらう」と言うに至っては、いったい日本とロシアとどっちの民が暴圧の下にあったのかと糺したくなる。満州に関しても、同様である。

啄木の変貌ぶりをみるために、中途を省略し、明治四十四年執筆の日露戦争に関する部分を引用してみよう。

大硯君足下。

近頃或人が第二十七議会に対する希望を叙べた文章の中に、嘗て日清及び日露の両戦役に当たつて、満場一人の異議もなく政府の計画を翼賛して、以て挙国一致の範を国民に示した外に、日本の議会には今まで何の功績も無いと笑つてゐた。私のこの手紙も其処から出立する。私はこの或人の物凄い笑ひがまだ〴〵笑ひ足りないと思ふ。（中略）

日露戦争に就いては、国民は既に日清戦争の直ぐ後から決心の臍《ほぞ》を堅めてゐた。宣戦の詔勅の下る十年前から挙国一致してゐた。さうして此の両戦役共、仮令議会が満場心を一にして非戦論を唱へたにしたところで、政府も其の計画を遂行するに躊躇せず、国民も其の一致した敵愾感情を少しでも冷却せしめられなかつたことは、誰しも承認するところであらう。——大硯君足下。こんな事を言ふのは、お互ひ立憲国民として自ら恥づべき事ではあるが、然し事実は如何とも枉《ま》げがたい。（「大硯君足下」より）

日本の社会を見つめる啄木の目が、これほどまでにリアルな洞察力に長けたものとなっていることに驚かざるを得ない。内省する力よりも、外部への批評意識の突出したこのような者が短歌の世界に安住できるわけがない。

大逆事件にショックを受けて、不気味な権力のパワーに気付いた啄木の目は、文学よりも明治末期の日本の政治社会にむけられた。〝義戦〟であった日露戦争のイメージは全く消え失せ、立憲国でありながらその実は何の自由も持たない政治状況に対して、絶望の呻きをもらすのである。社会主義関係の文献に没頭していた啄木はトルストイの「日露戦争論」に目を止めて、高熱の身でありながらそれを筆写し、そして、啄木自身もトルストイと平民新聞社説についてふれた「日露戦争論」を執筆する。このあたりの啄木の奮闘ぶりは鬼気迫るものがある。

啄木は日本の文化の浅薄さを批判し、日本人の理解力のなさを指摘した。だが、社会主義者の立場から、トルストイのヒューマニズムの立場を批判する啄木が、天皇制を支える日本の民の暗部にまで目を届かせていたかどうかは疑問である。もしかしたら啄木よりも花袋などの自然主義者の方が、「あるがままを認める」という観点にせよ、実感的に理解していたのかもしれない。啄木の批判と指摘は正当性を持つものであったが、日本の政治文化土壌の上には簡単に実を結ぶものではなかったことだけは確かである。

例えば、帝国陸軍の中枢にいた森鷗外も、ただの帝国軍人ではなかった。しかし、当然のことながら、啄木ほどの社会意識を持っているわけでもなかったし、冷徹に〝日本〟との距離を置いていたわけではなかった。小悦において啄木は未完成であり、鷗外は大成した。文学作品における成熟とは、意識の適性に依る部分が大きく、作品として未成熟であったとはいえ、啄木の感性は否定されるべきものでもない。

鷗外は「うた日記」につぎのような詩を残している。

扣鈕

南山の　　　たたかひの日に

袖口の　　　　こがねのぼたん
ひとつおとしつ
その扣鈕惜し

べるりんの　　都大路の
ぱつさあじゆ　電燈あをき
店にて買ひぬ
はたとせまへに

えぼれつと　かがやしき友
こがね髪　ゆらぎし少女
はや老いにけん
死にもやしけん

はたとせの　　身のうきしづみ

よろこびも　かなしびも知る
袖のぼたんよ
かたはとなりぬ

ますらをの　玉と砕けし
ももちたり　それも惜しけど
こも惜し扣鈕
身に添ふ扣鈕

乃木将軍など日露戦争を題材にした作品が何編も並ぶ中で、思わず目を止めてしまうだろう。私もしみじみ読み進み、そして嘆息をもらしてしまった。鷗外の青春ともいうべき留学時代をモチーフにした小説を、私たちが知っているためかもしれない。日本陸軍の軍医であった鷗外の二重生活を、しっているためかもしれない。

老境にさしかかった男の感慨が静かな文語体で述べられ、そして結局は、百人千人の兵隊の命も惜しいが、二十年前にドイツで買って戦争の際に失くしてしまった、たったひとつのボタンこそ惜しいと言っているのである。これはもう典雅な詩というだけではすまされない。鷗外の立場を考えれば、大胆このうえない感情の発露である。この作品の他にも「我馬痛めり」などの佳品が残されているが、いずれも大義名分ではなく、身辺雑事に寄せる感慨をまとめたものである。やはり、鷗外は詩人であった。「三百年来、跋扈せし／ろしやを討たん時は来ぬ」などという詞句を記していたにせよ、心の奥に詩人の魂の部屋をひとつだけ残していたことがよくわかる。

だが、鷗外が日本の詩の未来に腐心して、様々な苦労を背負いこんでいたにせよ、その射程は日本の文化総体の中での文学の位置に懸念するという地点までであって、決して帝国日本の権力を成立させている情動に批判の目をむけることはなかった。それにひきかえ、啄木の性急な批判精神はモチーフを育て、練りあげて自分の背丈よりも巨きなものにすることを許さない。啄木の個性ばかりが先に立ち、自己よりも外部に批判の目をむけてしまう。天才を生ましめぬ日本の風土に苛立ち、ロシアの民をうらやみ、日本の民を蔑む。このような資質においてこそ、あの「時代閉塞の現状」の論が可能であり、社会主義者になり得たのである。

日露戦争が〝聖戦〟でも何でもなく、ただ利権と利権の衝突にすぎないことを悟った時、啄木はトルストイのヒューマニズムだけでは何も救えないことを瞬時に了解した。その啄木の社会主義とても、日本の政治風土と民の現状を無視した空想的なものでしかなかったのである。鷗外のように生活の中で、ネガとしての文学の世界をつくりあげ、余裕ある詩歌をもてあそぶことができれば、啄木はかなりの詩人かつ、かなりの歌人としての一生を終えていただろう。文豪鷗外の方が身勝手な啄木より処世に苦しんだかもしれない。スカンピンで死んでゆく啄木に、もう少しの時間と金を、と思うが、その条件がみたされれば、啄木は啄木でなくなってしまうかもしれぬ。病身のやぶれかぶれの啄木は、いよいよ〝強権〟の考察へとむかうしかなかった。

この年の七月下旬、節子も啄木と同じ医師の診察を受けた。肺尖カタルであり、伝染の危険があった。この夏、啄木は高熱に呻き苦しんでいた。追い打ちをかけるように、母のカツが喀血し高熱を出し、起きあがれなくなってしまった。病気の啄木と節子のうち、具合のよい方がカツの氷のうを取り替えるという有様となった。元より軋轢の多い家庭であるのに、大人三人が病んでしまい、いきおい増々感情がささくれだち不和が募り、それに耐えきれなくなったように、父の一禎が二度目の家出をしたのは、九月三日のことであった。

啄木一家の家計は借金地獄であった。嫁姑の陰険な対立、啄木と節子の不和、大逆事件のことばかり調べている啄木、家庭の温もりは何もない。大人一人の糊口をしのぐためとはいえ、この一禎の行動も常軌を逸している。わずかに孫の京子の相手をすることだけが一禎の楽しみであったが、京子をあまやかす一禎を見かねた啄木と口論をしたのが家出の直接の原因であった。

そして数日後、一禎の家出事件を吹きとばすような事が、啄木と節子の間に勃発した。それは啄木が想像もしていない事件であった。節子の不倫事件である。その相手は啄木の友人であり援助者の郁雨であった。郁雨が節子にあてたラブレターめいた手紙を啄木が読んだことで事件は露見した。

この節子の不倫事件は秘密にされていたが、後年の事情を明らかにしたのは啄木の妹の光子である。この年の啄木の日記は、一禎の家出の日である九月三日のあと、十月二十一日までが発表されていない。啄木の死後、節子が破棄したのか、あるいは日記を保管していた節子の実家の誰かがそうしたのかわからない。犬コロを預けるように家族を郁雨にまかせて、仕送りもせずに芸者遊びにうつつをぬかしていた啄木の狼狽ぶりを見たいものだが残念である。

封建的な日本の家族制度に不満の声をあげていた啄木であった。しかし、どのような進歩的な家族制度がとられようとも、その基本関係となる夫婦の同居、子の養育をないがしろにしていたのは、その啄木自身である。節子とて近代的自我にめざめた、当時としては新しいタイプの女性である。啄木のまわりの友人たちが、いかにも新進気鋭の文学者の妻らしい節子を眩ゆく見たであろうことは想像に難くない。事実、節子に冗談めいて好意を述べた者も何人かいたようである。

親の反対をおしきって、やっとこぎつけた結婚式にも啄木は姿を見せず、北海道に渡ってからというものは、ろくに仕送りもしなかった。気の強い姑と六畳一間に捨て置かれた節子が、何事の相談にも親身になってくれて、金銭的な援助も惜しまなかった郁雨に、好意を抱いてしまうのも当然といえば当然であった。節子をそこまで追いつめたのは、他ならぬ啄木であった。にえきらぬ郁雨の性格や、後日の回想、および気丈な節子のことを考えれば、啄木が言う通りプラトニックなものであっただろうと思われるが、節子とても何らかの慰安がなければ日々を過ごせるような状況ではなかった。

いずれにせよ、啄木とその家族に与えたショックは大きかった。自我に目覚めたとはいえ、明治の女であった節子もこの事件が発覚したことは、大変な衝撃であっただろう。まさに啄木は、大逆事件と妻の不倫の両方から、熱ある病身をさいなまれ、もがき苦しむのである。

明治四十四年は、このように暮れてゆき、啄木は明治四十五年の最後の正月をむかえる。元日の日記は、「今年ほど新年らしい気持のしない新年を迎えたことはない。」という書き出しで始められている。家族四人の中の大人ばかり三人が寝こみ、年の暮れには借金返済のため前借りをくり返しているのだから無理はない。

啄木はこの日の朝、雑煮がまずいと小言をいい、夕方には、むずがる京子にビンタをくらわせている。夕飯の時には、「元旦だといふのに笑ひ声一つしないのは、おれの家ばかりだらうな。」と言って、妻と母の顔をくもらせている。熱は三十八度前後を上がったり下がったりしている。啄木を喜ばせたのは、原稿料前借りの五円紙幣が入っていた手紙と、年末から続いていた市内電車のストライキのことだけであった。

啄木は病身にかんしゃく玉を抱え、世の中が不穏な方向へと動いてゆくのを、ひそかに望んでいた。節子は髪もくしけずらずに、古袷の上に寝巻きを着こみ、時々烈しく咳きこみ、啄木はその妻の姿を〝醜悪〟だと感じ、暗い怒りと自責の念に捉えられる。もう、どうしようもないような家族の様相である。だが、食うためにはとりあえず何かを書いて原稿料を稼がねばならない。体力も気力も衰えている啄木の神経だけが研ぎすまされて苛立つ。熱は上がったり下がったりして、一向に良くなる気配はなかった。このころ、節子にかわって炊事などをしていたカツが、一月下旬から咳といっしょに吐血をはじめた。もう啄木の家には売薬を買う金もなかった。町医者の診断の結果は何十年も前からの肺結核であった。カツは十五、六歳のころに、軽い肺結核をわずらったことがあったと言う。啄木の長姉の死の原因も、啄木、節子の病気も、すべてはそこに起因するものだった。

啄木は絶望の境にいることを承認した。

さて、これから啄木一家の不幸と窮状は、ますますその度を速めてゆく。もう、事実のみを列挙すればよいだろうか。

三月七日　母のカツが死去。　享年六十六歳。

四月五日　父一禎、啄木重態の報を受けて上京。

四月十三日　早朝、啄木死去。　享年わずか二十七歳。

四月十五日　浅草の等光寺で啄木の葬儀。

啄木一家の不幸は、ここでとどまらない。六月十四日、妻の節子が女児を分娩。房江と命名。大正二年五月五日　節子死去。享年二十八歳。啄木の死後一年強である。

そして、時は流れて、昭和五年、長女の京子死去、享年二十四歳。同年、二女房江死去、享年十九歳。二人の娘も結核菌におかされていたのだろうか。父の一禎は昭和二年に亡くなっている。七十八歳の長寿であった。啄木の家族の中で最も生彩のなかった、この準禁治産者のような父親と、不幸な家から逃れて自立の道を歩んだ妹の光子だけが生き残ったのだった。

さて最後に、またしても中野重治の「啄木に関する断片」の中で、啄木の死についてふれた部分を引用してみる。

明治四十五年四月二十七歳をもつて彼は死んだ。病牀には彼が辛うじて得た強壮剤の半分が飲み残されていた。彼の幾度かのストライキ、彼の幾度かの上京と帰郷、彼の幾度かの新聞社の転任、北海道における漂泊、短歌ならびに詩における革命的提唱。これらを彼になさしめたものは果して何ものであったか。俊敏にして純正を愛したこの優れた我々の詩人を虐殺したものは誰であるか。

このような悲劇の社会主義者啄木像から、もう私たちは自由になってもいいのではないか。

啄木のストライキなどは、全くもって話にならぬものであったし、北海道流浪もまた、啄木の天才気取りの欠陥ゆえのものであった。ただ、その性格的欠陥と病気ゆえの不幸は、啄木を追いつめる所まで追いつめた。啄木は〝窮鼠猫をかむ〟ように、日本の政治風土の弱点を暴き、大逆事件からの衝撃にぶちあたった。だが、啄木の末期の眼には〝明日の考察〟も何もなかったのである。良くも悪くも、啄木は啄木らしかった。啄木の文学の達成も、そして、その悲劇も啄木ゆえのものであって、〝虐殺〟などという言葉の下に塗りかためてはならない。

結核に家族中がおかされて、啄木一家のような悲劇をむかえたケースは、明治、大正、昭和初期の日本中の村々で数限りなくあったことだろう。啄木と同じように文学で身を立てようとして、無名のままに死をむかえた青年も数知れぬほど存在したであろう。啄木はその中で、たった一人の啄木であった。

もう十五、六年も以前になるだろうか。岩手県の花巻や渋民のあたりを歩いたことがあった。花巻の賢治詩碑の前の広場では、少女たちがバトミントンに興じ、子供連れの若奥さんたちが笑顔をふりまいていた。だが、渋民の北上川のほとりにある「やはらかに柳あをめる北上の岸辺目に見ゆ泣けとごとくに」の啄木歌碑のまわりは雑草が生い茂り、故郷に容認されなかった啄木の生を象徴しているようであった。北上川の岸辺には、啄木の短歌そのままに巨きな柳の木が連なり、薄緑の新芽を風になびかせていた。啄木も見たものか、あるいは歌碑建立のころ植えられたものなのか、わからなかった。

あの浅薄に思えた望郷歌群は、もしかしたら、啄木のたったひとつ許された心の叫びであったのかもしれない。

第二章　青年啄木の周辺

青年啄木が明星派の歌人であったことはよく知られている。与謝野夫妻との親交もよく知られている。鉄幹が啄木にふれて記した次のような一節はどうであろうか。

併し其頃の啄木君の歌は大して面白いものが無かった。それで私は他の友人にも云うよう思い切った忠告を書いた。「君の歌は何の創新も無い。失礼ながら歌を止めて、外の詩体を選ばれるがよかろう。そうしたら君自身の新しい世界が開けるかも知れない。自分は此事を君にお勧めする。」という意味の手紙を盛岡へ送ったのであった。私は是れに似寄った忠告をして友人から恨まれた経験が既に度々あったので、啄木君も屹度腹を立てるであろう、併し私達とは一時絶交してもよいから、之に発憤して、啄木君がどの方面かへ進出してくれさえすれば其れが友人として自分の望む所であると思ったのでる。(「啄木君の思い出」)

この鉄幹の助言を受けとった啄木の心の動きは、残念ながら日記には記されていない。啄木はこの時期、まだ十七歳である。盛岡中学校を退学し、文学で身を立てるべく上京。新詩社の集まりに出席したり、図書館に通ったりしている。新詩社の会合への出席は、このころの啄木にとっては夢見た世界へのまさに第一歩であった。野心をかかえた田舎青年が、意気軒昂と〈中央〉へと乗りこんだのである。啄木の日記や書簡には、この重大事件への思い入れがうずまいている。

十一月九日　快晴

……今日は愈々そのまちし新詩社小集の日也。

一時夏村兄と携へて会場に至れば、鉄幹氏を初め諸氏、すでにあり。(牛込神楽丁二丁目二十二、城北倶楽部)

東京社友間に回覧雑誌編輯の事、

明年一月後明星体裁変ゆる事、

新派歌集の事、

文芸拡張の主旨にて各地に遊説する事、
新年大会の事、
等を討議す。
集まれるは鉄幹氏をはじめ平木白星氏、山本露葉氏、岩野泡鳴氏、前田林外氏、相馬御風氏、前田香村君、高村砕雨君、平塚紫袖君、川上桜翠君、細越夏村君、外二名と余と都合十四名也。
……七時散会。我は惟ふ。人が我心をはなれて互に詩腸をかたむけて歓語する時、集りの最も聖なる者也と。

新詩社の集会の翌日、啄木は鉄幹、晶子夫妻を訪ねている。

十一月十日　快晴
……先づ晶子女史の清高なる気品に接し座にまつこと少許にして鉄幹氏莞爾として入り来る、八畳の一室秋清うして庭の紅白の菊輪大なるが今をさかりと咲き競ひつゝあり。
談は昨日の小集より起りて漸く興に入り、感趣湧くが如し。かく対する時われは決して氏の世に容れられざる理なきを思えへり。

……面晤することわづかに二回、吾は未だその人物を批評すべくもあらずと雖ども、世人の云ふことの氏にとりて最も当れるは、機敏にして強き活動力を有せることなるべし。他の凶徳に至りては余は直ちにその誤解なるべきを断ずるをうべし。

晶子女史にとりても然り、而して若し氏を見て、その面皃を云々するが如きは吾人の友に非ず、吾の見るすべてはその凡人の近くべからざる気品の神韻にあり。この日産後漸く十日、顔色蒼白にして一層その感を深うせしめぬ。

鉄幹氏の人と対して城壁を設けざるは一面旧知の如し。

四時また汽車にてかへる。弦月美しく夕の空に高う輝き秋声幽にして天外雲空し。


この時期の啄木の日記は、堀合節子との恋愛、自己の才能への矜持などが美文調の文体とあいまって、いささか上調子なのは否めない。しかし、無理もない。十七歳の青年なのである。啄木はいっぱしの文士気取りである。東京でのサロンで有頂天になっている。十七歳の青年の無垢な野心があふれている。

だが、時おりあらわれる人物寸評などは、この鉄幹や晶子の部分を除けば、意外と冷淡で観察がゆきとどいている。このころの啄木の文章の中では、唯一、啄木らしい臨場感がある。後の啄木の他人との独特な距離の取り方の萌芽を、すでにこのあたりに見つけてみてもいいだろう。啄木は夢想することにおいて強烈でありすぎるが故に、現実にひきもどされた時の啄木自身の内奥の歪みが、他人の像の陰影の深まりとなって定着されるのである。啄木の文学の開花は、啄木の内奥の悲劇の昂まりによって為される。

啄木の悲惨な末期から、啄木の出発を見透かすことのできる私たちである。私たちのひややかな視線と、啄木の思いあがりの構図から、青年啄木像は始められるしかない。

私たちのひややかな視線をはらいのけ、啄木のあわれな死をも念頭から去らしめ、この十七歳の青年啄木を虚心に眺め、日記や書簡を読みこんでいけば、ふつふつとあふれ出る啄木の才を認めねばならないことも事実である。対象へねじりあわされて開花する才能ではない。啄木の内部での豊饒である。啄木自身がおさえようとしてもおさえることのできないような豊かさである。堰をきったようにあふれ出ている。そのために上調子で自己満足的である。

この時期、啄木が友人にあてた書簡にも新詩社の集まりからの興奮があふれている。

私は今三つの関係によつて生きて居ります。その一つは自分の自信でその二は我美しき恋心の慰籍でその三は親しき友人の情であります。私は兄に対して温かいく者を要求します。………………………………（中略）。新詩社小集には鉄幹、白星、林外、岩野泡鳴、山本露葉、相馬御風、川上桜翠、高村砕雨、平塚紫袖、細越夏村、前田香村、平出露花外二名と私と十五名でありました。紅白の菊乱れ咲ける八畳の二間で半日をたのしく暮らしました。明星の社告にあつたことを議決しました。

新年大会には社友の演劇もやるつもりで、白星様が脚本を作る筈です。

鉄幹は親切なやさ男であります。白星は写真にあつた様ないやみのない極く好きな人。林外は面白い禿頭。露葉は肥えた若紳士、砕雨は背の高いオトナシイ人。（明治三十五年十一月十八日小林茂雄宛）

啄木のいう〝三つの関係〟が、この時期の啄木を支えるすべてであろう。しかし、青年啄木のこの「三つの関係」は、いずれ崩れ去ってゆくのである。啄木の文学は、啄木の自信そのままにストレートには実らない。文学で身を立てようとした目論みは完全に失敗する。まともに小説を書きあげることもできないままに終わる。啄木の野心のままに、啄木の文学は発展しなかった。恋人節子を妻としてむかえてからの家庭の苦労は詳しく述べる必要もあるまい。そして、親しき友人との交わりも、結果としては借金だらけとなってしまうのである。

恋人との関係、友人との関係は一過性のものであるかもしれないので、それはさておき、肝心のこの時期の啄木の短歌についてふれてみなければならない。自信はどこから湧いてきたのだろうか。

鉄幹によって「君の歌は何の創新もない」と論破された短歌である。


起てよ友、風の夕の百合折れぬかくてぞ秋は京に入りぬる。

愁ひぬれば古き軒端にかへりゆく魂《たま》の疾《と》き羽の恋よ百四十里。

猛くして男の子の道に脆くして恋の細路に魂迷ふ夕。

雲の乱れ野の断《いな》ぎにわれさめで、秋風たゞにたてがみながき。

駒やせて野に勇ましの秋もなしやみて立つ戸のほころびの袖。

すぎし日のすぎし想出さり乍ら我には永劫《とは》のうつくしき鞭。

せめて宵、唄の細音の野にあらば月に羊のめぐきもあらば。

これくらいの引用でもう充分だろう。確かに駄作にはちがいない。明星調の自由性、奔放さをはきちがえている。古くからの伝統短歌の言語圏にある者が、急に明星調を気取っているようである。しかし、習作期の青年啄木にそれを責めることは酷であろう。むしろ駄作ではありながらも、見よう見まねでこのような短歌を量産できる啄木の資質について思いをめぐらすべきかもしれない。

おそらくこの時期の啄木にとっては、明星派のかもしだしていた文学的なサロンの雰囲気がたまらなく魅力的であったにちがいない。

啄木はそのムードにひきよせられるように短歌を量産し、天才を気取って文学で身を立てるべく上京したのである。堀合節子との恋愛と、盛岡中学でのカンニング事件に端を発する謹慎処分がそれを側面から促した。なによりも落第がほぼ決定的となっていたこの頃、『明星』にはじめて短歌一首が掲載されたことが、啄木をその気にさせてしまった直接のインパクトであった。

血に染めし歌をわが世のなごりにてさすらひここに野に叫ぶ秋

これもまたいい気な作品である。だが、このような未熟なヒロイズムで詠われた内容を、後の啄木がほとんどやぶれかぶれとなって果たさざるを得なかったことを考えれば、この一首は啄木の一生にとってまことに劇的な意味を持つことになってしまうのである。

「血に染めし歌」と主体性で形容された啄木の短歌は、結果として血に染まらざるを得なかった。啄木の後の生活がそれを強制したし、それのみか啄木は肺を病んで血を吐くのである。東京―函館―札幌―釧路―東京と啄木はさすらった。下二句の「さすらひここに野に叫ぶ秋」というのは、いかにもすわりが悪く未熟である。「ここに」というのが無理であるしジャマである。「わが世のなごりにて」とは、あまりにも古めかしく借り物めいている。

未熟な空想歌で啄木は出発した。その空想が現実にくいやぶられ、ヒロイックな姿勢がよれよれになってゆく過程で啄木の短歌は現実性をもちはじめるのである。啄木の文学全体の中では、短歌のみがポピュラリティを得ることができた。啄木の無惨な一生は、それによってのみ救われているのである。

明治期の文芸思潮の流れを観念でのみ把握している私たちである。この時期、明星派によって全国で啄木同様に無数の青年が、私たちの想像をはるかに超えるほどに勇気づけられたことだろう。鉄幹にはオルガナイザーとしての才覚があった。岩手の一青年、啄木をして有頂天にならしめるだけの影響力を『明星』は持っていた。

先に引用した啄木日記の新詩社会合出席者の中で、高村砕雨君というのは、ほかならぬ高村光太郎のことである。書簡の中で啄木は光太郎のことを「背の高いオトナシイ人」と印象を述べている。一方、光太郎は啄木を「オッチョコチョイのような人」と評している。ふたりの個性が交錯しているようでおもしろい。

高村光太郎も明星派歌人として出発した。明治十六年生まれであるから、啄木より三歳年長である。私たちの印象からすれば、啄木は明治の人間で、光太郎は敗戦も体験しているからかなり近しい気がするので、一瞬、驚いてしまう。啄木が早死にであったということである。この文士気取りの青年啄木に許された時間は、あと十年しかないのである。

啄木より三歳年長の光太郎は、啄木が『明星』に初めて短歌一首を掲載される三年前、これも十七歳のころより鉄幹の薫陶をうけている。一九〇二年（明治三十五年）のこの時期、光太郎の短歌は先に引用した啄木の作品よりは、はるかにまとまりがいい。

いささかは鑿にえにしを持てる身の三月《みつき》を奈良にただあこがるる

いたづらに富士を負ひ立つ国かこれ島か小島か人なき土か
神や怒るとまれ火焔のといきもてこの土くれに魂あらしめむ
雲にほふかなたギリシャのあめつちに立たむ日までのせばきすみかぞ
鑿おひて西のたくみを叩かむにいまいく年の小さき島びと

これらの短歌は、後の光太郎の仕事を思いあわせてみれば非常に興味深いものを感じる。モチーフは出つくしている。光太郎は不器用ではあるが、自己を表現しようとしている。三十一文字をうまく使いこなせていないようではあるが、ゴツゴツした光太郎の手がここにはある。啄木の浅薄な空想歌よりは、はるかに上等である。

だが、この数首は二十歳の光太郎の作品の中でデキのよい部類のものである。光太郎もまた、三十一文字の詩型をおのれのものとする過程で、明星調もどきの短歌も沢山つくっている。同じ時期のものを引用する。

たとひ君恋はむかしのあたたかに胸に薫らむ影ありぬとも
花に似て花には堪へぬ思いぞと恋に往く子を寒からしめば

際涯しられず沈みては魂おちては魂みあぐる眉を切る風の霜
わかき子が濤をむちうつ恋のちから海原人の徒歩にも堪へむ

このような短歌も、この時期の光太郎の作品の一傾向なのである。それでも、まだ啄木の先に引用したものよりはデキはいいだろう。啄木より三歳年長で、作歌歴も三年長じている光太郎は、流石に啄木ほど惨めではなかった。光太郎の内部で定型への抑制が働き、光太郎の腕力が三十一文字をひきとめている。しかし、近代詩上、自己に誠実であることにおいて人後に落ちぬ、この不器用な巨人、光太郎にしても、その青年期において一度は明星調を潜らねばならなかったのである。

この論をはじめてから、私は「明星調」という形容を、さほど厳密に吟味して使用してこなかった。簡単に言えば、鉄幹調なのであるが、その形容の内実を埋めてみるとすれば、自己解放、現実遊離、肉体の官能性、象徴、自由奔放……というぐらいのことになる。そして〈明星調〉と揶揄する時は、このような傾向が三十一文字の定型の内に、うまく収められていない場合において使用している。

明星調の摂取は、この時期に文学を志した者にとっては、意識するしないにもかかわらず半ば必然のようなものであった。そして、その摂取のあり方に、それぞれの個性があらわれている。

啄木の才能、いや空想癖は三十一文字の定型に自己のものとなった言葉を定着させる質のものではなかった。三十一文字の中に、知っている限りの言葉や過去に使いふるされた言葉、そして技巧などを盛りこみ、無知にまかせて明星調の短歌に似せるという類のものであった。そのような類の短歌を量産できるのが啄木の才能であった。したがって三十一文字には啄木固有のものなど表れるはずもなかった。

光太郎には、家業の彫刻をテコにして、日本の世間がかろうじて見えていた。啄木よりは分別があった。啄木は天才気取りだけで支えられている。堀合節子との恋愛以外は何もなかった。その恋愛も啄木を明星調にむかわしめる力のひとつであった。啄木は現実遊離を象徴性ととらえることができなかった。それ故に駄作の量産が可能だった。

だが、このような誤解が地方の一青年啄木における旧短歌からの解放でもあった。啄木が『明星』から得た勇気は大きかった。啄木と同じような青年が日本中にあふれていた。

後にアララギ派において、独自な位置を占める釈迢空、すなわち折口信夫にしてもまたこのような例にもれないのである。釈迢空は直接に鉄幹、晶子の指導を受けたわけではなかったが。

明治三十四年七月といへば、その年私は中学校の二年級であった。堺の人鳳晶子の『みだれ髪』の出版せられたことを知つた。その本を買ひ求めたのは、既に晶子夫人とも顔見知りのあつた大阪南本町四丁目の金尾文淵堂の店であつた。四六判を縦に三分の二に切つたやうな変つた爲立ての本を、道を歩きながら見て帰つた記憶が今に鮮やかにある。金尾の店から私の家迄は、南へ一里ほど、大阪の町をつき抜けて帰るのである。非常に嬉しかつた印象にまじつて、何か怖ろしかつたやうな感じが残つている。それは当時、この『みだれ髪』を、女の多かつた家に持ち帰つて、叔母だの姉だのゝ目に触れることがきまりわるいといふだけにとどまらぬものがあつたからだと思ふ。

例にひくのも小羞しい気がする「柔肌の熱き血潮にふれも見で、さびしからずや。道を説く君」といふ風の歌のある歌集を、本箱に置くことは、何にしても十五になるかならずと言つた少年にとつては、大事件だつたのであらう。しかし、幼い文学愛好者が、文学を愛好するための迫害を受けた記憶を、之に関連してもつてゐないのは、この目上の女たちの理会が、幸ひにあつたからであらう。
私の歌の系統からいへば、必しも新詩社に繋つていたのではないが、実際は与謝野さん夫婦の作物にふれる機会が、もつとも多かつた。(「有名人の無名作から」)

晶子の『みだれ髪』がいかにセンセーショナルな出来事であったかよくわかる。少年、折口信夫の胸は未知の官能性に触れてふるえている。釈迢空が明星派に入っていたとしても何の不思議もない。これはアララギ派の範囲内におさまりきれない折口の歌の幅の広さをあらわすエピソードの一つであるが、それと同時に明星派の当時の社会への影響力の大きさを示すものである。
折口は青年期の短歌との出会い、その偶然のおりなす機微について、次のようにも話している。

私の若い時分に、服部先生の歌風、文学に慊らぬところが見えて来たんぢやございませんが、なんとなく服部先生は、弟子を世話することがもういやになつたといふ風な感じを持つてゐられる。その感じを受け取りまして、どうしようかしら、歌を廃めてしまはうかしら、それとも誰かに教はろうかしらと思つてゐる時に与謝野さん夫婦の面影が浮びまして、それは東京へ来て、東京の学生生活に入つた暫らくあとでございましたらうか。その時分確か千駄ヶ谷の広い空地を前にして、借家建ちの家が幾軒か並んでゐたやうな内の一軒にをられたと思ひますが、ずゐぶん年が経ちますので、四十年近く経ちますと、どうも私、自分の都合のいいやうに記憶をば整理してるでせうが、――ともかくさう言ふ御宅の辺をうろついたことを覚えてゐます。

きつと歌を見て頂かうといふ決心をして出かけたものと思ひます。（「与謝野寛論」より）

かりに、折口がここで鉄幹に短歌を見てもらっていたら明星派の歌人になっていただろう。兄の影響で作歌をはじめた折口は「文庫」に投稿し服部躬治の選にかかり、それが縁で師事していた。服部躬治は鉄幹と同じく、落合直文門下である。折口が根岸短歌会にはじめて出たのは、国学院卒業間際である。鉄幹の家のまわりをウロウロしてから後のことである。根岸短歌会で迢空は、茂吉や千樫、伊藤左千夫と会っている。だが折口が本当に『アララギ』（当時はあららぎ）の一員となったのは、発行所にいた島木赤彦に詠草を見てもらってからだろう。それまで紆余曲折していた折口は、はじめて赤彦に批評される。そしてその関係がしばらく続く。

何しろ経験や力量のだけの違ひではない。流派として通じる所は、僅かに子規の歌の若干、左千夫先生の作風の一部に、似よりが感じられると言ふくらゐの私の歌を、真向から赤彦が受け入れる筈はない。相当に遠慮のない批評を聞かせてくれたと思ふ。だが、私の腑におちるものと、おちないものとがあつた。（「自歌自註」より）

このように折口は当時をふりかえっている。てにをはもわからない人の作品を『アララギ』流にたたき直してゆくのは赤彦にとって容易であっただろうが、折口の歌を批評し、改作することはむつかしい技であっただろうと容易に推察される。赤彦は歌集『切火』を出したばかりで、『アララギ』の作風を創りあげ広めようと燃えている。だが、折口は短歌の素人ではない。短歌の流派がちがうし、『アララギ』の作風ひとすじなわで矯正できる個性でもない。すでにこのころには、後の『海やまのあひだ』に収められる歌の一部もつくっているのである。

折口と赤彦のこの距離は、『明星』も読みこみながら作歌してきた者と、『明星』に対して新勢力を起こそうとする者の当然の開きであった。折口は赤彦に兄事し教えを乞うが、この距離はいつまでも折口と『アララギ』との間に保たれるのである。

折口には、万葉、中世、近世、近代の日本の短歌の流れからすれば、自分の作風は決して異端ではないという自負心があった。そして、日本の古典の詩歌の学識からすれば、折口に並ぶ者は『アララギ』にはいなかった。折口に比べれば、茂吉にせよ赤彦にせよ、所詮は必死のにわか学問のような印象を私などは感じる。『アララギ』派内からすれば、折口の幅広い短歌概念は完全に異端であった。選歌、改作などの場においての軋轢を考えれば、折口が後に『アララギ』から離れてゆくのは致し方のないことであったのだろう。

子規のライバルは鉄幹であったが、当時の影響力、勢力からすれば、新詩社は根岸をはるかに上まわっていた。『アララギ』が勢力を拡大し、隆盛となる過程を折口はその内部で過ごしたが、その位置は特異なものであった。折口もまた少年期、青年期において『明星』の余波をくぐりぬけた一人なのである。

啄木が初めて『明星』に短歌一首を掲載された半年後、啄木と同じ年に生まれた群馬県前橋の青年が、『明星』に歌を投じ掲載され、新詩社の社友となった。萩原朔太郎である。朔太郎もまた啄木、光太郎と同じく明星派の歌人として、たどたどしく出発したのである。朔太郎の短歌の彷徨は、この後十数年続くのだが。

啄木が死んだ年の翌年、朔太郎は自筆歌集『ソライロノハナ』をまとめている。十代のころ『明星』に投稿した短歌もおさめられている。生涯の詩友、犀星との出会いは、この自筆歌集をまとめたころである。

朔太郎は、この歌集の中の自叙伝で、自らの文学の出発を次のように記している。

十五歳の時には古今集の恋歌をよんで人知れず涙をこぼす様になつた。この頃従兄の栄次氏によつて所謂新派の歌なるものの作法を教へられた。鳳《オホトリ》晶子《アキ》の歌に接してから私は全で熱に犯される人になつてしまつた。

十六歳の春、私は初めて歌といふものを自分で作つて見た。此の集の第一頁に出て居る二首がその処女作である。

此の時から若きウエルテルの煩ひは作歌によつて慰められるやうに成つた。

然し又歌そのものが私の生命のオーソリチィであつたかも知れない。何となれば私は芸術と実生活を一致させる為にどれだけ苦心したか分らないのである。

たうとう私の生活が芸術を要求するのでなく芸術が私の生活を支配して行く様になつて仕舞つた。春のめざめ時代の少年にとつてこれ程痛ましい事はない。

古今集の恋歌、晶子の歌への耽溺にはじまる朔太郎の長い長い旅——習作時代である。十六歳からの十数年間に朔太郎は、藤村、泣菫の詩からの影響、そして白秋、さらには何啄木からも多大な影響を受けている。この『ソライロノハナ』をまとめた二十代の後半においても、朔太郎はまだただの生活不能者にすぎない。この自叙伝に言うごとく「芸術が私の生活を支配」しているのである。それでは、朔太郎の生活を支配していた芸術はどのような水準のものであったか？

初期の朔太郎における作歌活動とは、当時の詩的水準の渉猟であった。この長い準備作業の後に朔太郎はさまよいながらも、自己の詩語のモチーフ深化へのあたりをつかむことになるのである。

もちろん明星派の晶子、そして白秋や勇あたりの感情の深みが朔太郎の詩の発生を準備したことはまちがいないと思われる。

柴の戸に君を訪ひたるその夜より恋しくなりぬ北斗七星
朝ざむを桃により来しそぞろ路そぞろ逢ふひとみな美しき
絵日傘は桃につづきて清水院の御堂十二に昼の鐘なる
我れ寧ろ煩えに悶え恋に恋ひて野辺に我が世を笛吹かん願ひ
雨細う情に春ゆく伏見途京へ三里の傘おもからぬ
罪許せ臙脂《えんじ》梅花の縁《えにし》ふかき別れなればの一夜の枕

まったくの晶子調である。晶子の『みだれ髪』の冒頭近くの作品を読めば、この露骨な模倣歌の元歌をすぐにさがし出すことができるだろう。しかし、無理のないことかもしれない。朔太郎はまだ十代後半の青年である。短歌は模倣からはじまる。三十一文字の定型の器を自由にあやつるには、模倣の長い歳月がなければ一朝一夕にできるものではない。

朔太郎の初期の短歌は明らかな晶子調ではあるが、表現としてはさほどの破綻はない。もちろん、後の朔太郎の詩の達成を思えば、貧弱であることはまちがいないが。力んで晶子調を気取ったものよりもむしろ、青年朔太郎の素直な抒情が、やわらかく定型におさめられているものに、私はこの時期の朔太郎の才を認めたい。

君に逢はず山百合つみて帰りくる
小出松原なくほととぎす

海近き河辺に添ひし柳みち
月は二人の肩をすべりぬ

このような作品には作為がなく素直な情感がある。「月は二人の肩をすべりぬ」あたりに、いささかの得意気があるが、それは見逃してもよいくらいのものである。三十一文字の中に省略や破格の語法を用いて、むりやりに象徴性を得ようとした傾向のものよりは、このように言葉を軽く流した作品に朔太郎のこの時期の相貌が垣間見られる。だが、およそ月並な傾向の作品にしかデキのいいものがないとなると「芸術が私の生活を支配」するという科白も、ドラ息子のそれでしかないだろう。朔太郎においても、明星派とりわけ晶子からの影響は作品としてはうまく結実しなかった。耽溺の度合いが強すぎたのだろう。

この自筆歌集『ソライロノハナ』をまとめたころの朔太郎の詩語の萌芽は、短歌よりもその中にいくつかはさまれている序詩に認めることができる。

床を這い行く午後の
日脚を見つめつつ
哀しき人は何をか思へる
まだ年もうら若きに

朔太郎と詩友犀星が共鳴する地点に、この序詩などはそのまま接続しているように思われる。「悲しき人は何かを思へる」という三行目などは、意味としては転倒しているが、この四行詩の中でアクセントとなっている。「悲しげに何かを思へる人」ではなく、「悲しき人は何をか思へる」と表現できた時、朔太郎は詩的言語渉猟から、朔太郎固有の感情の濃密な形象化へと進む途に近づいたのである。

啄木と同じころに文学を志した高村光太郎、釈迢空、萩原朔太郎らの『明星』との出会い、影響を足早やに見てきた。これらの人々にくらべてみて、やはり、わが青年啄木は未熟であったというべきであろう。才能が熟していないこともあるが、生き方において未熟であった。啄木は、この時期の文学を何も知らなかった。ほとんど何も知らなかったと言ってよい。にもかかわらず啄木は天才を気取って、文学で身を立てようと上京したのである。その作品は、鉄幹によって「何の創新もない」と評されているのである。

この時期の啄木の日記は、意気軒昂たるものがあるが、それは言ってしまえば単にそれだけのものにすぎない。自己査察も時代への目配りも何もなかった。田舎の青年の熱情にすぎない。世間知らずの前途ある青年啄木の幸せな時期である。この幸せな青年が十年後、大逆事件からショックを受けて命を削るように近代日本の天皇制権力にむけて疑義を述べることになるのである。

啄木が幸せなうちは、啄木の文学には実がつかないのである。啄木の文学と生活との相関はそのようにしかありえなかった点において、私たちの心象にサドとマゾの入りまじったような波紋を投げる。十七歳の青年啄木はまだ意気軒昂たる点において無垢であり、その短歌は軽薄な物真似にすぎず、私たちに何も印象を残さないのである。そして、啄木があこがれた自由世界とも言うべき『明星』は、それほどまでに吸引力が強かったのである。

鉄幹と晶子について述べてみなければならない。青年啄木の短歌は鉄幹調に近かった。青年朔太郎は完全に晶子の歌の模倣であった。啄木と朔太郎の気質、詩質を考えると納得できるような気がする。

だが、鉄幹や晶子の短歌、特に晶子の作品は模倣のためのテキストとしては、あまりふさわしいものではなかった。ことに晶子の歌集の中でも『みだれ髪』は、その傾向が強すぎた。晶子のあふれ出る官能性は三十一文字の定型としては落ちつきがなく、ときには省略や語法の無理がありすぎて意味のつかめないものも多いのである。なによりも晶子の自我と官能性の強さに、時代が驚いたのである。鉄幹との恋愛の経緯に人々は驚き、スキャンダラスな視線が晶子に注がれ、そして晶子の官能性はその視線をとらえて離さなかったのである。晶子が短歌において自己を解放できたバックボーンにある鉄幹の存在は、まことに巨きかった。

後に晶子自身も『みだれ髪』については、表現としての不完全さを感じるようになった。そのため削除されたものや、改作されたものもある。

夜の帳にささめき尽きし星の今を下界の人の鬢《びん》のほつれよ
夜の帳にささめきあまき星も居ん下界の人は物をこそ思へ

さびしさに百二十里をそぞろ来ぬと云ふ人あらばあらば如何ならむ
さびしさに百二十里をそぞろにも来しと云ふ人あらば如何ならん

君が歌に袖かみし子を誰と知る浪速の宿は秋寒かりき
なにゆえに涙ながして語りけん浪速の秋の寒かりしかな

引用したものの一首目は、『みだれ髪』の冒頭の作品であり、晶子の短歌の中でも周知されているものの一つである。何よりも「星の今を」というつなぎが無理でぎこちない。そのために上三句と下二句の意味の接続がわかりにくい。上三句の意味がとりにくいために、この短歌は「下界の人の鬢のほつれよ」だけが生きており、そこに濃密なものを感じさせていたにすぎなかった。

改作では、「ささめき尽きし星の今を」が、「ささめきあまき星も居ん」とわかりやすく直されている。だが、そのまま下二句につなげて「夜の帳にささめきあまき星も居む下界の人の鬢のほつれよ」では、響きがやや鈍くなるためか、あるいは「鬢のほつれよ」というような物思わせぶりな情緒を避けたかったからか、「下界の人は物をこそ思へ」と、やや平凡にとめられている。この下二句を直したのと同じような改作ぶりが引用した他のものでもなされている。

これらの改作では、表現としては落ちついたかもしれないが、晶子の感情の昂まりがむりやり押さえつけられ、薄められてしまっているように思える。女歌のなまめかしさが消されてしまっている。円熟した晶子は、おのれの若さの放恣をがまんできなかったのだろう。その若さの放恣こそが『みだれ髪』の命でもあったのだが。

晶子の青春時の表現と、後に円熟してからの表現について『明星』と『アララギ』を日本の短歌の中で冷静におさえることのできた折口が、次のように述べているのは興味ぶかい。

『みだれ髪』初版の巻頭の歌は、「ささめきつきし星の今を」、又「鬢のほつれよ」となつてゐたことを覚えてゐる。その後「あまき星もゐむ」「人は物をこそ思へ」といふ風な思ひきつた改作になつた。其が更に「あまき星の今を」といふ形をとつたこともあるやうだ。大抵の場合、第一印象が強く残つてゐるために改作は容易に人を諾はすものではないが、この場合は、「ささめきつきし星もゐん」がいかにも心を安めてくれた。更に「人はものをこそ思へ」全然姿を変へた安らかさが、心を和らげることを喜んだ。これで正しいのだ。晶子さんも初版の時代には、やはり効果を予期しすぎて、あゝいふ形をとり、そのために多くの人々を理会から突き放した。これでこそ『みだれ髪』はよい巻頭の歌を得たことになる。さう私は思つて人事でなく安堵の息を吐いた。（中略）

思ふに、この当時の新詩社の技巧は、新しくして複雑な表現法を、どうしてでも捉へやうといふ焦慮を露骨に見せてゐた。だから、ある点まで句数が進んだ上でなくては、どうした意味に完了しようとしているのか見当のつかないやうなものが多く、又それを、望み多き、特殊な發想法と信じてゐたやうである。（「有名人の無名作から」）

鉄幹も晶子も、明星派は新しい表現法をどうにかして定着させ、新風をおこしたかった。複雑な表現と、無理な省略を多用してでも短歌を象徴の域にまで達成させることを目指していた。だが、感情が定型を超えてしまい、かえって歌の幅がせまくなり無理な発想を強いることにもなった。明星派として出発した啄木たちの駄作を見れば、それが検証される。

折口は『アララギ』に属していたがために、このように述べているのではない。単調化された韻律を好む折口ゆえであるかもしれないが、何よりも日本の文学における短歌の歴史を身をもって熟知していたがためである。ここで折口は、晶子の歌業全体をあたたかく眺めながら、『明星』『アララギ』にも醒めた目を持ちつづけている。晶子の歌の欠点をすっと押さえながら、唄の本来の姿をさりげなく述べたいい文章であると私は思う。

初期の晶子が鉄幹の文学精神をおのれのものとすることができたのは、本来、晶子に王朝文学の下地があったからである。恋愛を歌うことにおいて巧みであった女流の系譜が、晶子によって近代的な装飾をほどこされて甦ったのである。晶子の王朝好みから官能の解放への道すじを、青年朔太郎もそのまま経験したのだが、いかんせん京洛趣味が付け焼刃であった。そのために素朴な歌しか目にとまらぬことになってしまう。だが、朔太郎が晶子の趣味から入って、官能性を模倣し、さらにこのあと吉井勇や白秋などの作品の影響をうけていった十数年の短歌習作時代の蓄積は、後になって大きな意味をもつことになる。朔太郎の官能の憂愁の世界は、晶子から白秋の短歌の世界を、もう一歩おしつめ、朔太郎の皮膚感覚に近似せしめてゆく先に開示されたのである。

晶子は女歌の強さをもっていたが、歌の技巧からいえば鉄幹に勝るべくもなかった。新体詩を自由にあやつり、三十一文字も見事にこなす鉄幹の才は、旧歌壇の勢力から「露骨」「生硬蕪雑」と評されようとも、青年たちを魅了せずにはいなかった。無数の〈啄木〉が文学の新時代に胸をおどらせ、鉄幹の名を眩しくあおぎ見たのである。その無数の〈啄木〉の中から、たった一人の石川啄木が『明星』に歌一首が掲載されたことを勲章のように思いあがり、文学で身を立てようと上京したのである。この啄木の軽挙妄動の性癖は、結局、自身をあの悲惨な死へと追いつめることになるのである。

さて、啄木の出発から始めて、光太郎、迢空、朔太郎そして晶子までたどりついたが、いよいよ「明星派」そのものである鉄幹について少しふれなければならない。

鉄幹のパトスは、旧来の歌人には完全に欠けていたものである。只事歌に終始して満足していた旧歌壇は、鉄幹と子規によって震撼せしめられた。青年に与えた影響は、鉄幹の方が大きかった。青年啄木の短歌は晶子調よりも鉄幹調に近かった。天才気取りの気質も近いものがあった。鉄幹のますらおぶりの大きな歌体は、日本の歌壇に久しくなかったものであった。

鉄幹は二十歳で落合直文の門下生となった。しばらくは作歌、国文学の面においても、生活面においても直文の下にあった。鉄幹の才が世に華々しく認められたのは、処女詩歌集『東西南北』によってである。これには、詩体詩、短歌、その他のものが混然と収録されている。この処女詩歌集の序文に名を連ねたメンバーは、そうそうたるものであった。井上哲次郎、森鷗外、正岡子規、斎藤緑雨、佐佐木信綱……。これらの中でも、子規の序文冒頭の「鉄幹、歌を作らず。しかも、鉄幹が口を衝いて発するもの、皆歌を成す」の評は、まさに子規の実感であり、鉄幹の才能の質を言いあてている。すでに鉄幹は、詩歌のたくまざる技巧をわがものとしていた。ともすれば壮士演説調になりがちな部分もあったが、日本語を自在に詩歌に昇華させて、読む者の精神を高揚させるだけの骨太な技量をそなえていた。

鉄幹といえば、なぜか右翼ナショナリストっぽいイメージを伴う。事実そのような部分も確かに色濃くあるのだが、まだ、この明治中期において日本は、帝国主義日本にまで至っておらず、政治状況も思想状況も混沌としている。ロシア革命もまだまだ先のことである。右翼とか左翼とかというレッテルも、まだ意味をなさない。体制、反体制もまた有用ではない。体制側が急進的でありすぎたり、反体制が旧体制の謂であったり、またその逆であったりするのである。

この時代、いちがいに文学者にレッテルを貼ることはできない。体制そのものも、日本全体も、徳川幕藩体制三百年の崩壊後、蠢いているのである。その余震は三十年ではおさまらない。政治家も思想家も手さぐりで進んでいる。考え方の急激な変化も、この時期の人々にはよく見られるところである。

この『東西南北』の冒頭近くには、落合直文の弟である槐園への、三国干渉に関する返歌があったり、子規の家居を訪れたおりの新体詩があったり、透谷を悼む短歌があったり、西郷南洲をうたった詩があったり、「韓にして如何でか死なむ」の連作があったりしている。大体においては国粋主義者であることはまちがいないのだが、とにかく題材においても思想傾向においても雑多な面をもっているのである。良くも悪くも明治中期の日本を体現しているのである。

つまり、鉄幹の詩歌の本質である朗詠性は、政治問題、社会問題をあつかう場合においても、問題自体への思惟の深まりというようなこととは無縁のものであった。そのような点において、鉄幹は日本の詩歌の伝統を見事に受けつぎ、かつ明治という時代の青春性をすくいとることができた。鉄幹の国粋主義的なパトスは、たやすく逆の思想の文脈に置きかえることが可能なものであった。その場その場の感興を、何のくもりもなく詩歌に練りあげることが、とりもなおさず鉄幹の文学であり、〈才〉であった。

私が『東西南北』を通読して感じたことは、「露骨」でも「生硬蕪雑」でもない。ファナティックな国士の口吻でもない。日本詩歌の五・七のリズムを駆使した表現の安定感である。

子規の「鉄幹が口を衝いて発するもの、皆歌を成す」という評そのままの印象であった。晶子はもちろん、子規もその意味では鉄幹の足元にも及ばないだろう。鉄幹を軽く考えていた私にとって、これは意外でもあった。

しかし、日本の詩歌の伝統の技巧を自在に操ることのできた鉄幹だが、その作品は鉄幹が意図したほど新しさを感じさせない。私たちからすれば百年近い以前の作品なのだから当然なのであるが、この印象は鉄幹の側にこそ原因があると考えられる。子規の雑文の新鮮さ、透谷の奥行きの深さ、さらに啄木ほどの個性がないのである。鉄幹が〈才〉を発揮すればするほど、その作品は朗詠の高みに昇ってしまい、鉄幹自身は現れようがないのである。私たちの考えている詩歌のあるべき姿と、鉄幹が伝統詩型に培養されながら創りあげた詩歌の質とは、すでにそれほどの差ができあがってしまっている。鉄幹が作歌の実力において明治以降の歌人の中では第一級でありながら、晶子の亭主程度にしか不当に低く評価されがちなのはそのためである。

廿八年の春、槐園、朝鮮政府と議して、乙未義塾を京城に創す。本校の外、分校を城内の五箇所に設け、生徒の総数、七百による。高麗民族に日本文典を授け、兼ねて、日本唱歌を歌はしめるが如きは、特に、槐園と余を以て嚆矢とする也。開校の初め、余の歌に云く。

から山に、桜を植ゑえて、から人に、やまと男子の、歌うたはせむ。

このような前書きと短歌を読むと、いかにも鉄幹が時代に乗った軽佻浮薄な人物であったように思えるのは致し方のない所かもしれない。江戸期の武士がそのまま膨張主義に乗っかっているようである。事実そのような男であったかもしれない。これはこの時代においては別にめずらしいものではない。さらに言えば昭和の戦争時においても、代表的な歌人もこれくらいの作品はかいている。短歌という定型文学は、いつもこの宿命のごときものを背負っているのである。鉄幹の短歌の発語の基盤を考えれば、このような情動の表われ方以外、不可能なのである。鉄幹の大きな歌体が、たまたま征韓論に合致して、ますらおぶりが発揮され、口吻もなめらかにしているだけなのである。この資質ゆえに鉄幹は、日本の伝統詩型の革新者であり得たのである。

鉄幹のますらおぶり好み、浪漫好みは、そのまま『明星』の主張となっている。清規をいくつか引用してみよう。

一、われわれは古人の詩を愛読す。これで古人の開拓せる地に、更にわが鍬を入れんことは、われらの忍びえぬところなり。

一、われらの詩は国詩と称すれども、新しき国詩なり。明治の国詩なり。万葉集、古今集等の系統を脱したる国詩なり。

一、われらは詩の内容たる趣味に於て、詩の外形たる調諧に於て、ともに自我独創の詩を楽むなり。

一、かかる我儘者の集りて、我儘を通さんとする結合を新詩社と名づけぬ。

一、新詩社には社友の交情ありて師弟の関係なし。

これはまさに鉄幹の個性そのものである。そして、当時の定型文学のありようを考えれば、非常にきわだったものである。鉄幹の文学運動家としての個性がよくわかる。それは鉄幹の文学理念そのままのものである。鉄幹には矜持があった。新時代の文学を切り開いてゆくという自負心がみちあふれていた。日本中の文学青年たちが、このような主張にひきよせられて集まってきたのも納得できるというものである。晶子、登美子、光太郎、白秋、吉井勇、杢太郎……。そして、青年啄木も、短歌一首が『明星』に掲載されたばかりに、いっぱしの文士気取りで盛岡からのこのこと上京し、新詩社の会合に出席していい気になってしまうのである。啄木はその雰囲気にひたって「我は惟ふ。人が我心をはなれて互に詩腸をかたむけて歓語する時、集りの最も聖なる者なり」とまで日記に記すのである。

啄木はまだ何にも気づいていない。まだ、ろくな短歌もつくっていない。習作そのままの鉄幹調の作品を量産し、そのレベルは鉄幹に自由詩に転じた方がいいとさとされるくらいのものである。節子との恋愛、友人の激励、自己の才能への自信——この三つの要素が青年啄木の胸をいっぱいに充たしている。啄木に比べれば、光太郎はまだ堅実であり、迢空には羞恥心があり、朔太郎は自己の感情の中に作品も行動もとどまったままでいる。

世間知らずの文学的野心に燃えた、この青年啄木には、これから見事なまでの挫折の過程がまちうけている。だが、その挫折もこの青年のプライドを根こそぎ奪いつくすまでには至らなかった。天才気取りのこの青年は、これからの十年間で自虐、自慰の作品を量産し、それが結果としてポピュラリティを得ることになる。すなわち、その死までのこれからの十年間で、啄木が演じる後退戦から生みだされた作品は、前橋の一青年朔太郎に「ソライロノハナ」の中で見られるような啄木模倣短歌を作らしめるほどの影響力を持つことになるのである。

氷りたる二月の海の潮鳴を
泣きて聴かんと来しにあらねど

死ぬること思ふ哀しさ生くること
思ふさびしさ海に来て泣く

五《いっ》とせのむかし女を恋したりき
その頃のことすべし美し

砂山にうらはら這ひて煙草のむ
かつはさびしく海の音きく

何となく泣きたくなりて海へきて
また悲しみで海をのがるる

啄木が死んで一年後、すでに二十八歳になっている朔太郎は、このように露骨な啄木調短歌をかいて自筆歌集など作っているのである。十年間も短歌とつきあってきた者にすれば、あまりにも恥ずかしいくらいの模倣である。『明星』から出発した啄木が、自負心と生活苦の狭間でギリギリに生き、そして悲惨な最期をとげるまでの十年間、朔太郎は客観的には放蕩息子としかいいようのない生活を送り、歌人からの影響をうけて〈感情〉を磨いているのである。

朔太郎には啄木ほどの思いあがりと行動力がなかった。朔太郎も啄木も、母親には悩まされ続けたが、朔太郎は働くということを知らなかったし、生活は実家からの完全な庇護の下にあった。啄木は友人知人に迷惑をかけて借金をくり返し、父母と妻子を養わねばならなかった。じっと耐えていけば、食ってゆくことぐらいはできたはずであるが、啄木生来の軽挙妄動の気質がそれを許さなかった。啄木は自己の生活もくいつぶし、自己の文学もくいつぶし、その破れ目から〈人間の悲しみ〉を横目で見つめ、明治末期の国家権力の何ものかにつきあたるのである。

啄木の短歌は朔太郎に影響を与えるほどのポピュラリティを得ることができた。朔太郎は、ゆっくりと晶子、白秋、勇、啄木の短歌世界を渉猟していた。朔太郎の短歌は模倣の域を出なかった。定型の階段を一歩ずつ登りつめなかったことが、詩人朔太郎に幸いした。朔太郎が、白秋と出会い、犀星とめぐりあって、第一詩集『月に吠える』を刊行するのは、この数年後である。

身から出たサビとはいえ、啄木の悲惨さがいやが上にも明らかになってしまう。「血に染めし歌をわが世のなごりにてさすらひここに野に叫ぶ秋」あわれむべきは、この一首から出発した啄木である。

第三章　定型の軋み

1

啄木とアララギ派との距離を測ってみたい。短歌の作品の傾向のみならず、それを成立させている社会意識について比較してみたい。

つまり、私の課題設定はこうである。啄木が身も心もボロボロになって探りあてたと思われる明治末期の〈国家〉像と、そのような国家への疑義とは無縁に黙って生きて、ひたすら〈生〉を写すことに精魂をかたむけていたアララギ派の人々との距離が知りたいのである。私の内部にはすでに仮説ができあがってしまっているので、やや正当性を欠くことになるかもしれない。

子規から発生した絵画のスケッチそのままの〈写生〉の流れをくむアララギ派がその写生観を深めて隆盛をきわめて今日にまで至っていることが、そのまま短歌の質を高めたとばかりは言えない部分がある。それのみかアララギ派の短歌を成立せしめていた文学意識こそが、啄木が疑問を発した明治末期の国家を容認し支えていたかのように思われるからである。啄木がその末期につきあたった国家の壁は、芸道のごとき〈鍛練道〉をひたすらつきつめたアララギ派歌人の内部に通底していたのではないか、つまり明治天皇制権力を容認し強化したのはアララギ派歌人に代表されるような日本的自然観、文化政治意識ではなかったのか——これが私の仮説である。

啄木の短歌にあらわれる民衆像とアララギ派の短歌にあらわれる民衆像には隔たりがある。流浪の啄木が定着したものは同じような境遇の人々であるしアララギ派の全体のイメージは定住者である。アララギ派の視野から完全に脱落していた部分を、啄木はやぶれかぶれの状況からわがものとすることができたし、また逆に啄木が省みなかった足元をアララギ派は刻苦勉励して文学の主題としたのではないか。

作品が第一級になってしまえば、流派の区別などというものは霧散するが、短歌という定型文学は習練の時期が長いために、良くも悪くもその結社の主張、特徴が濃密に反映される。だが、実作者ひとりひとりの個性を等し並にすることなく論を進めなければならない。

明星派とアララギ派を日本短歌史の流れの中で冷静に位置づけながら、なおかつ実作者としての批評意識を失わなかった人間として、釈迢空の名を私は前章であげた。一方、明星派とアララギ派を文学の先達者からの視点で見つめ、その繁栄を願っていた人間がいた。森鷗外である。鷗外は鉄幹の才能を無名のころから認めていた。鉄幹の処女詩歌集『東西南北』にも序詩をよせている。鷗外は新しい短歌の可能性を青年鉄幹に見つけた。鉄幹は新詩社をおこし、『明星』を発行し、それに応えた。晶子、登美子、勇、白秋など多くの秀れた歌人がそこから育った。前章で述べたごとく、啄木、光太郎、朔太郎も『明星』から歩みはじめた。木下杢太郎もそうである。泣菫、有明や、上田敏などの近代詩も『明星』を母胎として始まった。鷗外はアララギ派やその他の流派にも注目していた。短歌の世界を局外者の目で見まもりながら、絶対的な位置をとっていた。

鷗外は明治四十年（一九〇七年）三月から、毎月一回自宅で観潮楼歌会を開いた。その目的は短歌諸派の合流と研鑽であった。「其頃雑誌あららぎと明星が参商の如くに相隔つてゐるのを見て、私は二つのものを接近せしめやうと思つて、双方を代表すべき作者を観潮楼に請待した。此毎月一度の会は大ぶ久しく続いた。我百首を書いたのは、其会の隆盛時代に当たつてゐる」（「沙羅の木」序）この歌会は二年半ほど続いている。主な参加者は『明星』からは、与謝野鉄幹、平出修、平野万里、北原白秋、石川啄木、木下杢太郎などで、『アララギ』からは伊藤左千夫、長塚節、古泉千樫、斎藤茂吉など。その他の系列から佐佐木信綱などである。

この集まりは、鷗外を中心とした短歌サロンであるが、鷗外自身は日本の詩歌の将来に役立たんとの心積りであった。「此等の流派は皆甚だしく懸隔してゐるやうであるが、これが皆いつか在来の歌と一しよになつて、渾然たる抒情詩の一体を成す時代があるだらうと思つた。僕は今でもさう信じてゐる」（「相聞」）。鷗外のこの展望は残念ながら実現されなかった。個々の参加者たちに与えたインパクトは大きかったかもしれぬが、この観潮楼歌会以降も結社はそれぞれに領邦国家的になり、他の流派を敵視していくのである。その傾向の最も強かったのが『アララギ』であろう。短歌結社の組織の中では、実作指導の際にどうしても自派流の詠み方を教えながら三十一文字に馴れさせるために、他の結社の傾向は好ましくないということになってしまうのであろう。

この歌会では、むしろ主宰者の鷗外の方が得たものは大きかったかもしれない。鷗外自身は以前から短歌をたしなんでいた。その作品は鷗外のいう「在来の歌」の範疇のものであった。新体詩、訳詩の業績ですでに鷗外は抒情詩人として一家をなしている。だが桂園派の流れの短歌をたしなんでいた鷗外は、日本の伝統詩型の内容にあきたらなかった。桂園派といえば明治初期の宮内省の御歌所を中心とした勢力を有していたのだから、鷗外も素養のひとつとして修めたのであろう。

鷗外はこの観潮楼歌会に刺激を受けて「我百首」をつくった。この作品群は新派調、すなわち明星調に近いもののように私には思えるが、鷗外自身はリルケからの暗示をうけたとしている。いずれにせよ、以前からたしなんでいた桂園派そのものの詠みぶりでは、リルケからの影響をも三十一文字に収めることはできなかっただろう。西洋の詩にふれた鷗外が若い短歌作者たちからの余波を受けながら、日本の伝統詩型をいかにして生きかえらせて国民詩にまで育ててゆくか――この課題を自ら果敢に実践してみせたということができる。

鷗外の意図である国民詩としての短歌の再生――これを当時の歌人の意識の上限とするならば、それぞれの結社の実作者たちの作歌意識は東西の詩型云々よりも、当然のことながら自己や結社の主張に即いていた。観潮楼歌会は、鷗外を意識における先達として開かれ、それぞれの実作者たちはその場において刺戟を受けながらも、それが直接的に作歌意欲をかきたてるというものではなかった。短歌を通じての一種の教養サロンであった。だが、白秋や茂吉など明星、アララギの第二世代にとっては、この鷗外の高みにある眼が光っていた。

観潮楼歌会が鷗外の発案によって始められた明治四十年（一九〇七年）、啄木は二十二歳になっている。啄木はこの前年より、渋民小学校の代用教員となっている。小説「雲は天才である」を執筆している。明治三十九年十二月二十九日には、長女京子が生まれている。だが、「日本一の代用教員」をめざして、順調な生活を送ることができたのは、ごくわずかの日時であった。父の一禎の宝徳寺追放事件とその再任運動に啄木は奔走している。長女は生まれたものの一家の生活は困窮をきわめ、ちょうど観潮楼歌会がはじめてひらかれた三月上旬、啄木の父一禎は宝徳寺再任問題の疲労がもとで家出をしている。そのため、啄木は新生活を開くべく北海道移住を決意する。啄木の流浪がいよいよ始まるのである。

函館―札幌―小樽―釧路―再び上京。この流浪は、家族との別離、放蕩、就職先でのいざこざなどに色どられて、啄木の一生の中でもドラマチックな時期である。啄木の短い一生の中で、この約一年間の流離の期間は起伏に富みすぎている。この一年間で啄木が得たものは大きかった。失ったものよりも大きかった。

夢想癖の強かった青年啄木は、この一年間で夢想と現実との距離を知った。それでも啄木の生来の個性は変わることがなかった。啄木の人々を見る視線は、このころを境に浪漫的なものからリアルなものに変化していった。この時期のひとつふたつのエピソードを主題として、後の啄木の文学の方位を語っても、それは有用ではない。啄木はやぶれかぶれに疾走し、自分勝手に難破した。あっというまに過ぎたこの一年の流浪体験は、啄木の胸に落ちて重みを付け加えた。この時期をふり返ることができたのは、もう少したってからである。

上京した啄木は次々と小説を書きためたが、それらは出版されるメドもたたずに失意と困窮の日々が続く。このころから啄木の日記は俄然おもしろくなる。日記の文体も以前とはくらべようのないくらいに自由になっていく。美文調がなくなって、啄木は自己と他者との距離を明確にわきまえて陰影ある像をスケッチする。どんなに生活が不如意を極めようとも、啄木の自信はゆるがない。ただの天才気取りの青年は、頑固な文学者となっていく。異才であることは認められても、超一流としてむかえられないことで、ますますその傾向が増長してゆく。

啄木の目は冷徹になってゆく。特に同じ歌人や小説家などを見る目は傲慢と紙一重なほどに冷たくなってゆく。もう以前の啄木のようにいたずらな賛美や自己陶酔は影をひそめる。

啄木の一年間の流浪は啄木の文学にとって決して無駄ではなかった。啄木にとっては夢そのものであった〈歌壇〉〈文壇〉は相対化されて、ある時は嘲笑の的となり、ある時は批判の的となってゆく。『明星』もまたそれをまぬがれない。あれほどまでに尊敬していた鉄幹もまた例外ではない。

上京してまもなく啄木は鉄幹とともに、鷗外主催の観潮楼歌会に出席している。その数日前、久しぶりに訪れた与謝野家での出来事を啄木は次のように記している。

——茅野君から葉書が来て、雅子夫人が女の児を生んだと書いてあつた。晶子女史がすぐ俥で見舞に行つた。九時頃に帰って来て、俥夫の不親切を訴へると、寛氏は、今すぐ呼んで叱つてやらうと云つた。予はこの会話を常識で考へた。そして悲しくなつた。此詩人は老いて居る。

(中略)。晶子夫人も小説に転ずると云ふて居ると話した。〝僕も来年あたりから小説を書いて見やうと思つて居るんだがね。〟(来年からですか)と聞くと、〝マア、君嶋崎君なんかの失敗の手本を見せて貰つてからにするサ。〟——予はこれ以上聞く勇気がなかつた。世の中には、尋常鎖事の中に却つて血を流すよりも悲しい悲劇が隠れて居る事があるものだ。噫、この一語の如きもそれではないか！

啄木の浪漫的な天才気取りの資質は、少しずつ批判精神の固まりへと変化してくる。数年前、あれほどあこがれていた〈東京〉〈歌壇〉〈明星〉の世界が、急に石ころだらけの川原になったかのような啄木の変貌、いや成長である。だが啄木の目にうつった石ころにも大小があり、手ざわりがちがい、陰影が異なるはずである。これほど見事に他人を観察することのできた啄木だが、彼自身の〈我〉の尊大さは相変わらずであった。

どんな有名な人であろうと、どれほどすばらしい歌をつくる人であろうとその台所を見れば、矮小であり現実臭さがつきまとい滑稽に感じられることを知ったのは〈流浪〉体験のたまものであったかもしれない。現実の世界はそのような人間臭さの錯綜でなりたっており、啄木とても寸分かわらぬものであったくせに、啄木の批判精神は自己を棚上げにして他人を許すことができない。啄木のかつての夢想は崩れ果てたが、今度は現実世界が啄木の足元の低い位置にすえられてしまう。

観潮楼歌会に出席した日の啄木の日記は淡々としている。文壇の重鎮、鷗外からの招待である。以前の啄木であれば、まるで天下を取ったかのように興奮して美文調で感想をしたためたはずであるのに。

五月二日――二時、与謝野氏と共に明星の印刷所へ行つて校正を手伝ふ。お茶の水から俥をとばして、かねて案内をうけて居た森鷗外氏宅の歌会に臨む。客は佐々木信綱、伊藤左千夫、平野万里、吉井勇、北原白秋に予ら二人、主人を合せて八人であつた。平野君を除いては皆初めての人許り。鷗外氏は色の黒い、立派な体格の、髯の美しい、誰が見ても軍医総監とうなづかれる人であつた。信綱は温厚な風采、女弟子が千人近くもあるのも無理が無いと思ふ。左千夫は所謂根岸派の歌人で、近頃一種の野趣ある小説をかき出したが、風采はマルデ田舎の村長様みたいで、随分ソソツカしい男だ。年は三十七八にもならう。

啄木の人物スケッチの筆は的確である。だが、鷗外の観潮楼歌会の目的など啄木は意に介していないようである。啄木のみならず他の歌人も同じようなものであったが。

引用した啄木の日記の前の省略した部分で啄木は、与謝野家を訪ねて『明星』の収支決算の赤字分を晶子から知らされている。「新詩社並びに与謝野家は、唯晶子女史の筆一本で支へられて居る」と記している。

窮状は他人事ではない。上京したものの啄木に職は見つかっていない。鉄幹の新聞社への紹介があったり、新詩社の短歌添削の金星会をまかされたりしているだけである。行きあたりバッタリのこの啄木の性癖は変わることがなかった。両親をふくめた家族の重みが啄木の肩にのしかかってきたとはいえ、地道に暮らしていけば生活の道はどうにか開かれるはずであった。鉄幹でさえも収入が少ないというのに、啄木は筆一本にかけようとする。筆一本にかけざるを得ない状況に自己を追いつめているかのようである。

上京後一カ月の間に啄木は「菊池君」「病院の窓」「母」「二筋の血」など、小説数本を書きあげている。しかし、出版、掲載のメドはまったくたたなかった。鷗外に小説出版のあっせんを依頼したが、それも陽の目を見ることがなかった。この時期の五月八日の日記には「自分の頭は、まだまだ実際を写すには余りに空想に漲つて居る。夏目の〝虞美人草〟なら一ヶ月で書けるが、西鶴の文を言文一致で行く筆は仲々無い」などと書いている。自分のスタイルの欠点を知らないわけではなかったが、まだ天才気取りが小説の描写をじゃましている。天才啄木の目が、啄木の文章を許さない。

啄木が観潮楼歌会で偶然出会い「風采はマルデ田舎の村長様みたいで随分ソソッカしい男

だ」と評した伊藤左千夫などの方がはるかに足が小説の地についていた。左千夫は明治後期の農村部での人情の機微もわきまえていたし、都市の下層階級の暮らしぶりも熟知していた。啄木のような天才気取りもなかった。何よりも啄木が〝田舎の村長様〟と見たごとくに、風貌も感情も思考もそのような生活態の中でそのままはぐくまれてきた質のものであった。不器用でそして一途であった。左千夫の作風は農村風の情動につき動かされている。その情動の描写が時にはいささか過剰な部分となる。その過剰であるところが左千夫の力量でもあり〝野趣ある小説〟と啄木に評される点であった。才能の高邁さ、ひらめきにおいて左千夫は啄木に劣るかもしれぬが、小説をかきあげ読者をひきこませることは才能のひらめきだけではなしえない。ある意味での不器用さがあった方が小説全体に力量が感じられるのである。啄木はまだ見ぬ〝傑作〟を夢見ながら、自分が現在書きつつある小説に対しては不満を感じてばかりいるのである。左千夫は徹頭徹尾〝田舎の村長様〟であった。

すでに述べたごとく、私は啄木とアララギ派の距離をはかってみたい。作風のみならず近代日本の定型歌人にあらわれた社会意識の差異について考えたい。さて、まわり道をしてきていささか乱暴ではあるが、啄木が左千夫に冠らせた〝田舎の村長様〟という形容を私はアララギ派の短歌、思考方法の原型にすえてみたいのである。つまり、鷗外をもって近代日本の定型文学における先導とみなし、実作者としての啄木、そしてアララギ派の人々が三十一文字の内にかかえこまざるを得なかった生活意識の差異から、近代日本への疑義の有無へと論証してみたいのである。

幸い啄木は北海道流浪をへて、生活と文学の狭間に立って呻吟している。ただの野心に燃えた青年は完全にひと皮むけている。日記の文体も躍動的になり、歌壇や歌人を冷たく見つめることができるようになっている。鉄幹や明星派の歌人たちを、生活者としての原寸大で見ることができるようになっている。以前の啄木であれば鷗外主宰の歌会に出席しただけで、天下をとったかのごとき口吻を日記や友人への手紙に興奮して書きつらねたであろうが、すでに啄木の視線は陰影をおびている。

表面的には啄木の北海道流浪は、妻子を置き去りにして身勝手に職場をかえ、芸者遊びにうつつをぬかし、酒におぼれた日々であったが、はからずもこの流浪は啄木の大きな転換期となっている。その転換を促した原因を流浪中のエピソードなどに求めるよりも、歌集『一握の砂』の数首をあげるにしくはないだろう。

真夜中の
倶知安《くちあん》駅に下りゆきし
女の鬢の古き痍あと

かなしきは小樽の町よ
歌ふことなき人人の
声の荒さよ

さいはての駅に下りたち
雪あかり
さびしき町にあゆみ入りにき

この「忘れがたき人人（一）」の連作は、啄木の北海道流浪をストーリーとして進められている。函館での思い出からはじまり、釧路での思い出でおわっている。「忘れがたき人人（二）」の連作は、啄木の秘められた恋愛を素材とした相聞歌で占められている。

この流浪において歌人啄木は完全に脱皮をおえた。いや、正確に言えば流浪の後、上京して小説創作のゆきづまり、出版の不如意、生活苦の状況がおおいかぶさり、にっちもさっちもいかなくなってはじめて啄木は己の資質に合致した短歌のスタイルをわがものとすることができた。啄木の身にふりかかってきた圧力から逃れるようにして、自虐と慰安でより合わされた短歌にぶらさがることによって、精神のバランスを取ることができた。その結果、次々と生み落とされた短歌は、以前とはちがった広がりを持つことになった。

短歌の興がわいた時、啄木は夜中から明け方までに数十首も量産した。観潮楼歌会に出席してから五十日後、上京したものの啄木の目論見通りには事が進展していないころであるが、六月二十四日深夜から翌朝にかけて百二十首、二十五日深夜に百四十首と驚くべきほどの歌を詠んでいる。この中には啄木の代表作の多くがふくまれている。

六月二十四日　昨夜枕についてから歌を作り初めたが、興が刻一刻に熾んになつて来て、遂々徹夜。夜があけて、本妙寺の墓地を散歩してきた。たとへるものもなく心地がすがすがしい。興はまだつづいて、午前十一時頃まで作つたもの、昨夜百二十首の余。そのうち百許り与謝野氏に送つた。

六月二十五日（略）頭がすっかり歌になつてゐる。何を見ても何を聞いても皆歌だ。この日夜の二時までに百四十一首作つた。父母のことを歌ふ歌約四十首、泣きながら。

まさしく興がのるというのはこういうことなのであろう。啄木は興に乗りながら、すがすがしい自己解放をしている。日記の文体はよくそれを伝えている。「頭がすつかり歌になつている」というのも定型のリズムに完全に乗った啄木の実感である。

啄木は北海道流浪をへて〈中央〉〈歌壇〉などを客観的に見ることができるようになった。啄木のあこがれであったそれらのものが、まるで憑き物が落ちたように色あせて映りはじめた。啄木の目には雪深く霧の多い町で生活している人々の像が鋭く刻みつけられた。流浪の身であるゆえの自在な目は、その生活態からもフリーであった。

啄木の天才気取りの自己愛は、これらの人々への寂寥感あふれる情愛となって転化され、定型の中のワンシーンに留められた。啄木の上京後の生活と文学の不如意が、北の町で黙って生きている人々を客観視することに力を貸した。啄木は東京―北海道、歌人―歌うことなき人々、自己愛―自己卑下の間のやじろべえの支点となって定型を楽しんだ。作家意欲の爆発的なもりあがりは、ぎりぎりまで追いつめられた啄木の開きなおりであった。

先に引用した三首は、いずれも啄木の代表作となっているが、これらには流浪体験で得た自在な目がある。啄木は以前の啄木ではない。おのれの熱情を借り物の言葉で三十一文字に創りあげているのでもなく、僻易するほどのナルシズムで押しまくっているのでもない。啄木は自分の置かれた立場をストーリー性を帯びさせて、短歌につくりあげている。

家族を置いたまま北の果てへと流れてゆく啄木と、真夜中の倶知安駅でふと目にしたきずあとのある女との一瞬の交錯。北の町でたくましく生きている人々と、歌うことを業とする自分との距離、そして、ついには釧路まで流れついて雪あかりの道を歩んでゆく啄木の姿。

啄木は自在に三十一文字をあやつることができるようになっている。とくに啄木の他人を見つめる目と、自意識との抗いを時間を軸にストーリーとして定着させた作品群は、それまでの旧派の方法からすれば特異なものであった。自意識は置き去りにされて、他人は単なる景物としてのみ季節感や喜怒哀楽の象徴として利用されるのが常であった。高みの見物、徹底した傍観の位置をとりつづけることが旧派歌人の条件であった。

この流浪以後、啄木の定型意識はねじれた自意識の産物としての色あいをふかめてゆく。定型を疑うこともせずに、ひたすら野人のパワーで押しまくる〝田舎の村長様〟である左千夫、そして赤彦、茂吉に代表されるアララギ派の歌人もまたそれぞれに強い個性を持ってはいたが、定型意識とは即ち先験性であり、それを疑うことは歌人としてあるまじきことのひとつであった点においては共通する。アララギ派内で日本の文学史における定型の運命を見すえていたのは釈迢空ただひとりである。

定型は信じることによってひとつの力となる。また、定型を信じないことによって逆に定型の奥ゆきを深めることもできる。このまったくの対照を左千夫、赤彦、茂吉と啄木に私は見る。

近代文学の理論からすれば、文学の豊饒とは個人の内部意識の豊かさでなければならぬが、この日本の短歌という定型文学は異なった豊かさを示すことがある。それは無名性ということである。つまり定型を探るには一人の歌人の意識ではなく、どこかで日本人全体のメンタリティを俎上に乗せねばならなくなってしまう。そこにはまぎれもなく全体からの迫力と、ある種の陶酔感が横たわっているのである。

明治の中期、後期において歌人たちは、短歌が近代詩としての命脈を得るか、そのまま伝統詩型のワク内で命脈を促ってゆくかの岐路に立たされていた。鷗外は西欧文学と日本詩歌との比較によって、その問題を急務なものと感じていた。だが、多くの実作者たちの目はそこまでは届かなかった。

伝統詩型としての短歌の側からすれば、そのようなことは問題になりようがないのである。無内容、無意識性、批評精神のなさ、これらの部分にこそ、伝統詩型としての短歌の命脈があるのだ。無内容な短歌形式を必要とする生活形態、共同規範があるかぎり定型は滅びることはないのである。生活態と定型意識の密着度がどうやら啄木とアララギ派の距離を測る端初であるらしい。

それでは、そろそろアララギ派についてふれてみたい。アララギ派は当初、新派の『明星』に完全におされていたが、『明星』の自己分解もあって序々に勢いをもりかえし、夕暮、牧水の流行にも目をかさず刻苦勉励して、大正時代に隆盛をきわめてさらにそれ以降おそらく現在もアララギからの流れをくむ結社が主潮流をなしている。明治後期から大正初期にかけて、まったく苦難の道を歩んでいたアララギが、なぜ隆盛もきわめることとなったのか。この研鑽期に力の多かった数人の歌人がそのポイントをにぎっている。

子規没後から話を始めたい。子規が没した翌年の明治三十六年、根岸短歌会は『馬酔木』を出した。主な同人は伊藤左千夫、三井甲之、香取真秀、岡麓、蕨真、長塚節などである。

明治四十一年『馬酔木』は廃刊された。この約五年間のうちに同人の中で足の遠のくものや、他誌に移るものがいた。発行の中心は伊藤左千夫であった。この左千夫のもとに若い歌人たち、すなわち後の『アララギ』の中心となる島木赤彦、石原純、古泉千樫、中村憲吉、斎藤茂吉、土屋文明などが集まってきている。

『馬酔木』の廃刊後、明治四十一年に新雑誌『アカネ』がおこされた。三井甲之が編集した。だが、この『アカネ』も長続きしなかった。茂吉は「明治大正短歌史概観」の中で、この原因を「……左千夫、甲之との間に人間感情の融合を欠き、ついに争闘となった。当時甲之は左千夫が鷗外の観潮楼歌会に出席するのを『権門に出入す』として非難した。ここに同志分裂して、一は雑誌『アララギ』の発刊となり、『アカネ』は明治四十二年七月を以て廃刊した。」と述べている。

鷗外の観潮楼歌会も思わぬところに波紋をたてている。つまり子規没後の数年間、根岸短歌会はまとまりを欠き歌壇的にも傍流の一派にすぎず、『明星』を中心とする新派歌人たちにはまったく無視されていた。同じく「明治大正短歌詩概観」から引用してみる。

「明治四十二年になつて新詩社の人はかう云つた『余は天下の短歌あまねく明星の余光光に呼吸する時、その存在を忘られながら、独り異を立てて、牛のあゆみののろのろに歩み来り

し根岸派諸氏の意気に感ずるものなり』」（『スバル』第二号）

根岸派はまったくあわれなものとなっている。生前の子規が「鉄幹是ならば子規非なり」と言ったような切磋琢磨の良きライバルとしての位置をまったく保っていない。

私たちの文学の常識で考えるほどには、子規―左千夫、節―赤彦、茂吉というアララギ前史の流れはスムーズではなかったようである。『アララギ』の源流は子規の根岸短歌会であることはまちがいないが、『アララギ』の始祖は左千夫にほかならない。左千夫の人間的な魅力が『アララギ』に若者たちを集結させた。左千夫と袂を分った『馬酔木』の同人たちは、『アララギ』を子規の直流であることを認めなかったとしても不思議ではない。

それでは『アララギ』隆盛の因を、単に左千夫の魅力に帰することなく、文学理論、特に「写生」観の変移と深まりという視点から洗い直してみたい。

2

アララギの前身である根岸短歌会の明治末期の活動状況を概観して、斎藤茂吉は次のように述べている。

この期間に於ける根岸短歌会の歌は、この雑誌に関係した人々のほかは、全く歌壇から黙殺されてゐた。新詩社の鉄幹の如きは、新派のうちに数へないといふことを屢明言して居る。そこで、当時の新派和歌の雑誌彙報、又は短歌辞典、和歌作法の類には絶えて根岸派の人の名、その作を論じてゐない。全くの黙殺であるが、その間に同人等は驚くべき潜勢力を養つたのであり、後日根岸派の歌が天下を風靡するに至つたのはまさにこの期間の潜勢に本づくのである。(「明治大正短歌史概観」)

根岸派の歌風は、子規時代と大差なく、古語を盛に使つた万葉調で、変化といふ上からいえばさう目立つやうな飛躍は無いと云つていい。万葉集を講じ、所謂新派の歌を排撃し、写実写生に立脚して空想美麗の歌風に就かなかつたことは、和歌の正道を歩んだと謂ふべきであるが、その範囲が狭隘単調で、地味で擬古的であつた点は世間一般の好尚からいへば寧ろ落伍者の感を抱かせたものの如くであつた。(「明治大正和歌史」)

この二つの文章の執筆時は、二年ほどしかへだたっていない。「明治大正短歌史概観」は、いわばアララギ育ちの茂吉がこの苦難の時期をふり返って述べたものであり、「明治大正和歌史」の方はより客観的な立場から、根岸派の欠点も遠慮なく指摘しながら鳥瞰しているようである。だが、このニュアンスの差は根岸短歌会から『アララギ』への歴史から言えばもう少し複雑なところにあったと思われる。

子規没後、根岸短歌会は雑誌『馬酔木』を発行した。その中心であった左千夫が『アカネ』を更に発行し、そこから『アララギ』へと移行する。『アカネ』が次第に三井甲之中心の雑誌となり、左千夫中心の『アララギ』との敵対心が埋めきれなくなった時に、『アララギ』の原型ができあがったのである。三井甲之の言を引く。

元来吾派の二三人が森鷗外氏宅歌会等へ列し鉄幹信綱諸氏と同じく作歌ししかも事実に於て全く明星派の趣味に感化せられ居り候は本紙に於て数回論じたる所に有之候。さるに又小生等が明星派に感化せられたりと思ふ茂吉氏の所論に明星派の人々が賛成し、殊に茂吉氏の歌に「惚れる」といふ語を使用するがよしとかいへるのに最も賛成致し居り候由、かういふことはどうでもよしと放つて置くわけには行き不申候。

観潮楼歌会が直接的な不破の原因ではなく、甲之と左千夫の間の個人的な問題が発端だったのだろう。これだけを読むと甲之が頭の硬い旧歌人であって、瑣末な事に目くじらを立てているかのようであるが、ことはとりわけそうではないと私は思う。これから発展をとげていく『アララギ』内部にも諸派よりは強烈に他派排撃の潮流があったと思われるからである。ただ左千夫を中心とした茂吉や赤彦などは、明星派にもなじめなかったが、かといって旧派の古風な短歌に満足していなかったことは確かであろう。したがって雑誌の刊行についても「新進の若い者に任せる」という度量の〝田舎の村長様〟のような左千夫のもとに若い者たちは集結していったのだろう。

茂吉の「明治大正短歌史概観」は、この時期の若い『アララギ』の奮闘についてふれたものであり、「明治大正和歌史」は根岸派内に残っていた三井甲之を中心とした勢力の古風な詠みぶりへの批判と見るべきだろう。そうでなければ『アララギ』の欠点をこれほどには指摘することはなかっただろう。短歌結社は内部問題については不自由になりがちである。言いかえれば三井甲之のようなことを赤彦が述べたとしても何の不思議もないのである。

このような短歌結社の体質の中では、やはり鉄幹の『明星』の清規のひとつである「一、新詩社には社友の交情ありて師弟の関係なし」などの斬新さがいやがうえにも明らかになってくる。新詩社が時代の機運に乗って青春を謳歌しているのに、前アララギは子規以降の分派闘争にあけくれつつ研鑽の時期をすごしていたのである。時代の寵児である鉄幹と〝田舎の村長様〟のような左千夫、このふたりに魅かれて集合してくる青年たちにも、ふたりの個性が気質として色濃く反映していた。

師弟の関係をつくろうとしなかった鉄幹の新詩社は短歌結社というよりも詩の運動体に近かった。継続性よりも個性でなりたっていたために集結も早く離散も早かった。何よりも才能が尊ばれ、短歌という器に習作の時間を与えなかった。定型が成熟するためには膨大な時間と習作が必要である。新詩社の飛翔に比すれば『アララギ』は鈍牛のごとき歩みであった。

習作、凡作をくり返し、勉励しつつ定型をわがものとするために最も適していたのが〈写生〉の方法であった。方法としての〈写生〉は、短歌史全体の流れからいえばいわば無意識層に属するものであった。それを歌人の作歌意識にまでひきもどせば幅広い方法であった。アララギ派はこの方法を幅狭く標榜し、アララギ派の秀れた歌人たちは個性に応じて幅広く利用して隆盛の時をむかえるのである。

明星派は〈写生〉を歯牙にもかけなかった。鉄幹が生まれながらの詩人であったとすれば、子規は散文精神のかたまりのような男であった。子規のくもりのない目は、定型の器にむけられることなく、定型意識の排撃にむけられた。子規に守るべきものは何もなかった。子規ははじめて玩具を与えられた幼児のように定型を楽しんだ。

この点においては鉄幹も同様であった。鉄幹の奔放な文学態度は日本中の文学好きな放蕩息子たちに受け入れられた。ただ鉄幹の内部において思想がプロセスをふんだ明確なものでなかったことに見あって、明星に集まった放蕩息子たちの思想、形容は適切ではないかもしれぬが〈右翼〉から〈左翼〉までの幅があった。鉄幹の〈自我独創〉主義とは、情動の関係性を省みることではなく、その濃密性を重んじることであったからだ。鉄幹によって文学に目覚めた青年たちの傾向のほとんどは、大言壮語癖といっていいものであった。明治以降も日本語の文脈に受けつがれていく美文調、美辞麗句調のひとつの源は藤村、晩翠よりもやや早くこの鉄幹にあるのではないかとさえ思われる。

『明星』は明治四十一年十一月の百号をもって終刊となった。経済的理由が第一であり、その第二は鉄幹の『明星』発行による心労を解いて〈自己の修業に移さむ〉とするためであった。『明星』の主な歌人たちは森鷗外を中心とする『スバル』に移ったが、後に白秋や吉井勇や啄木などは鉄幹から離れ、それぞれの道を歩むことになる。『明星』の終刊、同人の離散のこの時期に根岸短歌会から左千夫を中心として『アララギ』が創刊されている。

啄木は明治四十一年の春、北海道流浪をへて再び上京。小説の売り込みが意のままにならず生活は困窮している。歌興が湧きつづけ一昼夜で何百首もしあげたのもこのころである。『明星』終刊号が出されたころ、啄木の小説「鳥影」が東京毎日新聞に連載された。

この時期の啄木は充実していたようである。小説執筆、『明星』終刊、『スバル』への原稿準備、観潮楼歌会、釧路の小奴との再会など、啄木は家族の重荷をしばし忘れているかのようである。だが啄木のこの時期の仕事はさほど目をひくものがない。筆一本で立つ見込みの端初を、ほんの少し見つけてうかれているという感じである。


予は今日虚心坦懐で白秋君と過去と現在とを語つた。実に愉快であつた。北原君の幼時、その南国的な色彩の豊かな故郷！　そして君はその初め、予を天才を以て自任している者と思ひ、競争するつもりだつたと！

戦は境遇のために勝敗は早くついた。予は敗けた。

共に夕飯をくつた。其詩集〝邪宗門〟は易風社から一月に出ることになつたと。（明治四十一年十二月十一日）

啄木のうかれた気分の底には北海道の家族からの圧迫があった。己の意のままに筆一本で立てないあせりは啄木の脳裏をはなれることがなかった。

白秋のめぐまれた境遇にくらべれば確かに啄木はみじめだった。それが家族の上京、妻節子の家出、父一禎の上京などによって、いっそう募ることになろうとは啄木は考えてもいない。家族の重荷が自分の才能のじゃまをしているぐらいにしか考えていない。働かずに詩作にうちこめる白秋をうらやんでいるだけである。与謝野家でも『明星』終刊号の印刷費を払うことができずに晶子の原稿料をまわしているくらいである。啄木はおのれの境遇をうらむよりも、才能がどれほどあっても筆一本でくっていくことの困難さを認めるべきであった。家族を置き去りにしている啄木の方が『明星』と家族にはさまれている晶子よりも、どれほど極楽トンボであったことか。

啄木には短歌という形式を真剣に考へたふしがあまり見られない。啄木のみならず鉄幹にしても、白秋にしてもそんな気がしてならない。もちろん、定型のワクに凝り固まって結束して勢力を伸長していったアララギ派の歌人に比較しての印象にすぎないのかもしれぬが。啄木や白秋は天才を自認し、鉄幹に至っては才能なき人は歌作にはげまぬ方がいいというような考え方であった。概して明星派の歌人の方が問題意識は定型の外にあり、アララギ派は定型の深化に精力を注いだかのようである。

啄木が編集した『スバル』第二号の「消息」に啄木は次のように記している。

小生は第一号に現はれたる如き、小世界の住人のみの雑誌の如き、時代と何の関係のない様な編輯法は嫌ひなり。その之を嫌ひなるは主として小生の性格の由る、趣味による、文芸に対する覚悟と主義とに由る。小生の時々短歌を作る如きは或意味に於て小生の遊戯なり。

「小生の遊戯」というような言い方は、この部分のみならず散見されるが、北海道流浪以前はなかったものである。歌壇や歌人を相対化することができるようになってからのものである。好奇心旺盛な啄木は三十一文字に呻吟するよりも、地方の小新聞とはいえ思うままに雑文を書いていた方が性にあっていたかもしれない。社会を顧みず、世情にうとく、ただ景物を詠むというだけの歌人にはあきたらなくなっている。子規のあの精神はアララギ派よりも啄木の方が近しかったかのようである。

歌会での啄木の詠草がつまらないのも、定型を真剣に考えたふしが見られないのも、啄木は伝統詩型としての三十一文字によって物を考えることができないためである。定型の宿命をひきうけて習練を重ねる道を選ぶことは啄木の社会意識が許さない。啄木は短歌を「小生の遊戯」と評すことによって、定型からも自分自身からも自由になることができた。

さらに付け加えれば、この時代の文人はオールマイティであった。散文家、詩人、歌人という厳密な区分がなかった。それぞれがいろんなジャンルを試みている。小説も新体詩も輸入と培養の時期をすぎて、個性豊かなものが次々と生みだされてきている。新派歌人の隆盛な時期もすぎようとている。伝統詩型としての短歌にぶらさがっているのは、旧派歌人か、紫舟門下の牧水、夕暮の流れか、これから勢力を伸ばそうとしているアララギ派あたりであった。

子規—左千夫、節—赤彦、茂吉のアララギ派の流れを見てゆくと、現実主義、万葉調、写生という歌風が一朝一夕に実ったものでないことがわかる。これらの方法はそれぞれ個性ある歌人の個性的な詠みぶりによってなされたものである。

ただ現実的にはアララギ風の歌というものは確かにある。明星派の歌が確かにあるように。

アララギ派には明星派、自由形式短歌、プロレタリア短歌などと比較すると定型への確固たる信頼がその根本にある。したがって啄木のように短歌もひとつの玩具であるというような屈折はない。短歌は全霊全力を注ぐべきもので青年の一時の熱情にすまされるものではなく、全人格に同致されるべきものであった。短歌は才能よりも努力の産物であった。アララギ風の詠みぶりに徹底して努力すれば必ずあるレベルまでの作歌は誰にでも可能であった。

アララギ派の勢力拡大は有能な数人の歌人の歌境の深まりと、底辺を占める会員数の増大によってなされている。アララギ派の歌人の増大は良くも悪くも方法としての〈写生〉によっている。

正岡子規の唱えた〈写生〉は短歌のみにとどまるものでなかった。俳句においてもそうであるし、散文においてもそのことを強調した。何よりも「墨汁一滴」「仰臥漫録」「松羅玉液」などの病床記録に子規の強靭な写生意識があふれていることに私たちは驚かされる。子規の旺盛な好奇心を充たす方法は〈写生〉でしかありえなかったかのごとくである。本来、絵画の方法であった〈写生〉を文芸に持ち込んで広めたのは子規の功績である。子規には批評意識が歌人意識より強烈であった。短歌の結社を貫徹するものとして〈写生〉を考えていたわけではない。

「実際の有のままを写すを仮に写実といふ、又写生ともいふ」と子規は言っている。西洋画と日本画の技法の比較の中から子規はこの方法をひき出してきた。「写生といふ一事は少くとも西洋画をして日本画の如き陳腐に陥らしめざるの利あり。」「洋画の長所は写生にあり。写生に供すべき材料は無限なり。故に洋画は陳腐に陥るの弊少し。」子規はこの比較をそのまま旧俳句、旧短歌にぶつけている。

子規のくもりのない散文精神が定型の只事歌に〈写生〉の風穴をあける。空想によらぬ現実主義、ここから旧歌壇を見ていれば、古今、新古今はことごとく排斥される。子規の文学理論としての〈写生〉はその初期においては、絵画論からの引用演繹以上のものでなかった。この〈写生〉説を裏づけていた批判精神の旺盛さは、日本の定型詩人の中では比類のないものであった。おそらく、ひとりの人間として強烈であったとしかいいようのないほどのものである。

前略。歌よみの如く馬鹿な、のんきなものは、またと無之候。歌よみのいふ事を聞き候へば和歌ほど善き者は他になき由いつでも誇り申候へども、歌よみは歌より外の者は何も知らぬ故に、歌が一番善きやうに自惚候次第に有之候。

御承知の如く、生は歌よみよりは局外者とか素人とかいはるる身に有之、従つて詳しき歌の学問は致さず、格が何だか文法が何だか少しも承知致さず候へども、大体の趣味如何においては自ら信ずる所あり、この点につきてかへつて専門の歌よみが不注意を責むる者に御座候。（「歌よみに与ふる書」）

専門歌人へのこのような批判が根岸短歌会の源流にあったことを忘れてはならないだろう。子規にとっては歌論とは概念の羅列や研究文のようなものではなく、もっと実際に即したものので生活意識に近かった。専門家であるよりも素人の目にうつった明瞭な自然の印象をそのままぶつけることが〈写生〉につながる道であった。

子規は初期においては短歌と俳句の方法の差異をほとんど意識していなかった。初期の短歌は俳句に及ばず、さらに俳句は批評文に及ばない。写生精神でつくられた俳句は、いってみれば小学生が指を折りつつ作ったようなものまで交っているし、短歌はそれに七・七をつけてひきのばしたようなものであった。一作品としての充実度よりも定型をくらしに近づけることをめざしていたからである。

門しめに出て聞いてゐる蛙かな
土器に花のひつゝく神酒《オミキ》かな
山吹の垣にとなりはなかりけり

これらが初期の子規の俳句である。子規句集の冒頭をパラッとめくったところから引用してみたので作意はない。初期の短歌には俳句以上に採るべきものはない。ただ言いうることは、〈写生〉を持ちこむことによって従来の短歌とほとんど肌ざわりがちがってしまっているということである。鉄幹のように漢詩の美文調でないからその印象が殊に強い。

これは子規の〈写生〉精神のたまものであろうが、作品としては結実していないと言っていい。子規が秀歌を残しはじめた発端は、途中から採り入れた万葉調によるものであろう。万葉の声調を目ざして、古語であろうと採るべきものは採って、病床からの〈写生〉を押しつめた先に、子規晩期の秀作があった。子規の開拓者精神は明治初期の素養としての短歌の世界に、まったく新しい分野を示してみせた。その衝撃度は鉄幹と同程度のものであっただろうが、鉄幹を生まれついての歌人とすれば、子規は完成されてはいなかった。子規は理屈が先立っていた。

くれなゐの二尺伸びたる薔薇の芽の針やはらかに春の雨ふる
瓶にさす藤の花ぶさみぢかければ畳の上にとどかざりけり
いたつきの癒ゆる日知らにさ庭べに秋草花の種を蒔かしむ

このような秀歌を生みだすために子規が通った〈写生〉からの道は、私たちが想像するよりも苦しい道のりであった。これらの作品にしても世にはさほど受け入れられなかった。枕べの盆栽や生花を詠む子規よりも、時代の青春性を朗詠する鉄幹の方が寵児たり得たのである。ただ後世の私たちからすれば、鉄幹のものよりも子規の盆栽や生花の歌の方に生命感を感じてしまうのである。

子規以降の根岸短歌会は、子規の出発点を省みることなくその帰結点からそれぞれの個性を伸ばしていった。子規のように旺盛な批評精神は失われていくが、作品の完成度は高くなっていく。

子規没後からアララギ初期は伊藤左千夫と長塚節を代表させてみたい。アララギが黙殺されていた時期である。子規の初期の写生説を実作上究極までおいつめたのが長塚節であり、子規の万葉調に〈野趣〉を加えたのが、〝まるで田舎の村長様〟と啄木が評した伊藤左千夫である。

左千夫は短歌の生命は言語の声化にあると考えた。純粋な感情の表出は声調をもって読者の胸に響くと考えた。もちろんこの手本となっているのは『万葉集』である。『万葉集』以降では子規同様に実朝を認めるだけである。ここから引き出されたものが〈叫び〉である。これはひとり左千夫の説にとどまるものではないが、アララギ派の中での個性を考えれば、やはり左千夫に合致したものであった。左千夫は〈写生〉よりも〈叫び〉を強調した。左千夫は自己の感情の発現を文学の生命の中心としていたからである。左千夫は小説、短歌、歌論のすべてにおいて、この態度を一貫させている。

概して韻文に力といふもの無く熱といふものの無いのは、其韻文中に含まれて居る叫びの分量の乏しさに基因するとの結論を見るのである。勿論熱の存する処必ず力がある。力は即ち総ての物の生命である。それで短小なる三十一文字詩に、生命の力を付与する主要なる原素は叫びの含有にあるものである。(「叫びと話」)

左千夫は子規とすでにかなりへだたっている。狭隘な美意識に数百年間もとじこもっていた短歌を散文精神で洗いあげて、新しい現実的な美に再構成することが子規のもくろみであった。カビくさい箱の中を白日のもとにさらすために子規の果敢な歌論があったのである。実作上の試行錯誤の中で子規が援用した万葉調から左千夫は〈叫び〉を抽出して、まさしく韻文の力の根本にそれをすえたのである。

子規には俳句や短歌を韻文としてとらえる意識は稀薄であった。それ以上に韻文の器の中身を入れかえることの方が急務であった。小説家であった左千夫は、小詩型の短歌の力は生命のエッセンスとしての詠嘆性に他ならないと考えた。短歌には小説のような話がないからである。左千夫にとって描写や写生は一次的な方法にすぎなかった。写生は模作することができても自然なる〈叫び〉は模作できないからである。

模作から上達していくアララギ派の写生歌の方法とは、この左千夫の立場は異質である。ここが左千夫の不器用でいながら足元の確かなところである。左千夫は歌論などにおいても設定の組み立て方、論旨の展開などいかにも不器用ではあるが、そこには確かな情熱が感じられるのである。〝田舎の村長様〟のような男が必死になって書いている姿があらわれている。

天才気取りの啄木はこの左千夫の情熱にかなわなかったのである。当然ながら啄木と左千夫では短歌への愛着度が全くちがっている。ただ左千夫と同様に小説も書いていた啄木は、左千夫のように短歌の力の根本を〈叫び〉としてとらえるのではなく、短歌の三十一文字の中にストーリー性を定着させようとしたのである。啄木のいう〝玩具〟とは手なぐさみという意味も大きかったが、作品の成り立ちからいえばストーリー性を作者も楽しむという側面があったのではないかと私は思う。

左千夫は啄木死後、『悲しき玩具』を読んでその印象を次のように述べている。

吾輩は只石川君の所謂（忙しい生活の間に心に浮んでは消えて行く刹那々々の感じを愛情する云々）といふやうな意味で作られたものが最善の歌とは思へないだけである。

乍併此詩集を読んで、吾輩の敬服に堪へない事がある。それは石川君の歌は、君が歌に対する其信念と要求が能く一致して居るのだ。

心に浮んだ感じを、更に深く心に受入れて、其感じから動いた心の揺らぎを、詞調の上に表現してほしいのである。（「『悲しき玩具』を読む」）

啄木についてややきびしい所を書き抜いたが、左千夫は啄木の屈折した歌への思いをよく理解している。才能をもてあそび短歌をもてあそび、侮蔑しながらもそこでしか自己解放できなかった啄木の歌を左千夫はアララギ派の中で最も深く哀悼している。アララギ派ではないからという理由のみでいたずらに拒否していない。

おそらくその因は単に左千夫の人柄にのみよるものではない。庶民生活内部の情動への理解度が節、赤彦、茂吉などにくらべて深かったからではないかと思われる。啄木の刹那の歌を命ある声調にまで高めることが左千夫の目標であった。この目標は実作として実ることは少なかった。〈野趣〉ある左千夫の筆は定型にははまりにくかったようである。写生歌では節に一歩も二歩もゆずってしまうし万葉調で歌うにしても表現の不器用さが歌の格に出てしまう所があった。心情にのめりこんだ歌はこっけいになってしまう点もあった。左千夫の

〈野趣〉が歌の大きさになって実ったのはほんの数首であるかもしれない。

代表作とされる「二月二十八日九十九里浜に遊びて」や「ほろびの光」についても歌一首の完成度としては首肯できない部分もある。次第に専門歌人化してきたアララギの後輩たちの中では、左千夫の歌は第一級とは見なされなかったのではないだろうか。

おりたちて今朝の寒さを驚きぬ露しとしとと柿の落葉深く
鶏頭の紅ふりて来し秋の末やわれ四十九の年行かむとす
今朝の朝の露ひやびやと秋草やすべて幽けき寂滅の光

「ほろびの光」の五首のうち三首を引いてみた。第一首の上句はやはり月並であろう。実感を加えたかったのかもしれぬが。この上句に類する俳句はよく見られるだろう。下句もすわりが悪く〈写生〉が声調にまで高められていない。第二首は子規の「いちはつの花咲きいでて我目には今年ばかりの春ゆかんとす」などの類歌に比すれば二流の印象を否めない。第三首の上の五七のこなれの悪さと「秋草や」へのつながりは、せっかくの下句を生かしきれていない。

左千夫は散文的になりがちであったようである。左千夫の実感が定型の声調のまとまりに横やりを入れてしまう。左千夫の人間的な魅力にはひかれながらもこのような実作では、アララギの後輩の俊英たちは納得いかなかったのではないか。

左千夫の〈写生〉は中途はんぱであった。左千夫の心情は〈写生〉のワクもはみ出てしまう。万葉調もおせじにも巧みには使いこなせなかった。アララギは左千夫を結社の始祖としながらも、実際は共同運営のようなものであった。ただ左千夫以降のアララギは、庶民、貧農の心情のひだに分け入ることなく、距離を置いて対象としてのみそれらを見つめ、地主、村長の如き農村におけるインテリの視点から定型を〈写生〉で練りあげていったのではないかと思われる。そこには〈写生〉観の陥穽があったはずである。

左千夫は「『悲しき玩具』を読む」の末尾でアララギの同人たちに次のように言っている。

> 吾輩は茲で、アララギ諸同人に忠告を試みたい。我諸同人の歌は、概して形式を重じ過ぎた粉飾の過ぎた弊が多いやうであるから、石川君の歌などの、とんと形式に拘泥しない粉飾の少しもないやうな歌風を見て、自己省察の料に供すべきである。

やはり左千夫の個性はアララギの中でむつかしい立場にいたのだろう。ただアララギ派の〈写生〉観はその説が広まるにつれて一度はこのような時期を経ねばならなかった。精神はやせ細りはじめてきている。いや精神にこだわらぬことが定型への近道であるとすれば、これは子規の排撃した旧歌壇と同じ穴のむじなになってしまうのである。左千夫のように流派にこだわらない自由な物言いは、これから結社アララギでは見ることが少なくなってしまうのである。

左千夫をアララギの始祖でありながら〈写生〉をこなしきれなかった〝哀しき野趣ある歌人〟と呼ぶならば、〈写生〉を純粋培養のままに究極まで高めたのが長塚節といえるだろう。

長塚節は左千夫とちがって、実作での影響をアララギの同人たちに強く与えた。茂吉や赤彦も、節には一目も二目も置かねばならなかった。節が茂吉たちの写生歌にはまだ不満を持っていたことや、茂吉の『赤光』にさえも「赤光書き入れ」を残していたことはよく知られている。

節の〈写生〉は初期の子規の考えであった俳句的な短歌の系譜にあった。主観や心情を極力排して、純客観の世界を俳句よりもきめ細かく明瞭に描くところにあった。対象を限定して俳句ならば五・七・五ですませるところに、七・七を加えて配置の妙を与えることが節の選んだ方法だった。これは子規晩期の〈写生〉とも微妙にことなっている。左千夫の〈叫び〉とも対極にあるごとくへだたっている。

節はこの方法に徹することによって、日本の歌人の中で独自な位置にすわっている。美しく閉ざされた世界である。

　歌は到底主観を交へなければ成功するものではないといふことは発達した頭脳によつて判断されて居るやうであるが、各自にその解釈の程度を異にして居ることと思ふ。少くとも僕自身の近来の考では、殆んど主観のないもの、又は純客観のものでも面白いものが自在に出来ることであらうと思ふのである。(「写生の歌に就いて」)

「面白いものが自在に出来る」――これが節の自負心である。実際、節はこの自負心にはじない写生歌を詠んでいた。左千夫は万葉から〈叫び〉を抽出してきたが、節は左千夫とは全く逆に〈写生〉に徹することによって、主観をも客観化しようとした。ここにはアララギ派が万葉調を強調するあまりに、類型歌ばかりになってしまったことへの節なりの反省もふくまれているだろう。激しい濃密な情動を好む左千夫と清楚なものを好む節との体質的な差もあるかもしれない。

いずれにせよアララギ派は〈写生〉とアララギ風〈万葉調〉の解釈と実作の中で、それぞれが手さぐりで動いていたといえる。鷗外のような大きな問題意識は勿論見あたらぬし、鉄幹のような政治青年ぶりもない。啄木のようにねじれた定型意識もない。実作者としての定型内部での必死な格闘があるばかりである。左千夫にとっても節にとっても定型とは先見性であった。

歌人の世間知らずで狭量な世界への強烈な反発心を、子規以降の根岸派からアララギ派の歌人は持つことがなかった。これはふしぎなほどである。子規の根本精神を省みることなく、方法として唱えられた〈写生〉と〈万葉調〉にばかり目がむきすぎたのかもしれない。

この〈写生〉にせよ〈万葉調〉にせよ、それ自体が目標となってしまえばそれだけで充足している精神にとってはまさしく便利なものであった。社会内部の関係性は重んじられることがない。すでに充足している身辺を客観化し、声調にまで高めることが作歌の第一義なのであるから、疑う精神、強烈な反発心、アイロニー、これらは不純なものとして捨てておかれてしまう。田舎の村長様のような意識の歌、地主のインテリが散歩しながら田園の風物を詠む歌、このような傾向が主流となっていくのは必然であった。
そのような中で節の写生歌は群を抜くものであった。

白埴の瓶こそよけれ霧ながら朝はつめたき水くみにけり
うつつなき眠り薬の利きごころ百合の薫につつまれにけり
桔梗の夏をすがしみをりをりは畳の上にねまく欲りすも
口をもて霧吹くよりもこまかなる雨に薊の花はぬれけり
いささかは肌はひゆとも単衣きて秋海棠はみるべかるらし

先に述べた左千夫の折には、秀れた代表歌を探すのに苦労したほどだったが、節の歌集では捨てるのに苦労するくらいである。俳句の花鳥風月の世界をおしすすめて、微に入り細に入って感覚を研ぎすませた像を明瞭にしていった節の特徴は、どの一首をとってみてもよく表れている。
ただ読者というものはぜいたくなもので、これほど完成した、それも同じ調子のものを並べられると退屈してしまうのである。

このような秀れた写生歌を持ってしまったことは、結社アララギにとっては財産となったが、これ以降の短歌の流れからいえばその反作用も多きかった。これは節の責ではないのだが、限定された風物から受けるイメージを究極の位置にすえることが、自然歌人節が選んだ方法だった。これらの作品を読めば節のあの自負心もむべなるかなといわざるを得ないだろう。だがこの方法で進めば進むほど、秀歌であればあるほどに、一体、人間はどこに行ってしまったのか、短歌をここに局限してしまっていいのか、子規のあの精神はどうしたのか、啄木の短歌のようなものは素材にならぬのか、というようにいろいろな疑問をこれらの統一された美意識の三十一文字にぶつけたくなるのである。

人間臭さを消し去ることが作品を生みだす過程であるというようなものは、あの俳句で充分ではないのか。長塚節の歌は理念と実作の一致が比類がないが故に、このような問いを背負わされる宿命を持っている。〈写生〉とは単に花鳥風月も詠むことか、否か。生を写すよりも死を写すことではないか。

〈写生〉は節の到達によって、ここまでつきつめられてしまったのである。節自身は短歌の領域の拡大のつもりであったが、範型に耐えうる実作ができてしまったことが〈写生〉のワクを狭くすることになった。ともあれ、節の感受性が切り拓いた分野はアララギ写生歌のひとつのピークであった。
この節の到達点を敬しつつ見極めながら、〈写生〉を節の領分に限定することなく己れの個性にまでぐいと引きもどしたのが茂吉である。

3

斎藤茂吉の処女歌集『赤光』は明治三十八年から大正二年までの作品を収めている。初版には大正期の作品がふくまれていないが、定本となった改訂版では、子規に影響されて作歌をはじめ、左千夫に師事して根岸派に入った頃から、左千夫の死を詠った「悲報来」「先師墓前」までを編んでいる。改訂版を構成する際に、左千夫の死までを己れの青春期と茂吉は定めたのだろう。処女歌集であるためか、他の茂吉の歌集にくらべれば歌風もいろんな傾向のものがふくまれている。

赤き池にひとりぼつちの真裸のをんなの亡者泣き居るところ
をさな児の積みし小石を打ちくづし紺いろの鬼見てゐるところ
もろもろは裸になれと衣剝ぐひとりの婆の口赤きところ

この極彩色の「地獄極楽図」は、子規の「竹の里歌」の「絵あまたひろげ見てつくれる」の「木のもとに臥せる仏をうちかこみ象蛇どもの泣き居るところ」などの連作の模倣である。

あづさゆみ春は寒けど日あたりのよろしきところつくづくし萌ゆ
あめつちの寄り合ふきはみ晴れとほる高山の背に雲ひそむ見ゆ
今しいま年の来るとひむがしの八百うづ潮に茜かがよふ

このような意識的な万葉調の詠いぶりは、『万葉集』からの直接的な影響というよりは、万葉調を標榜していた左千夫からの影響ではなかったかと思われる。
茂吉は根岸短歌会においては珍らしい相聞の秀歌も、この初期に詠いあげている。

宵あさくひとり籠ればうらがなし雨蛙ひとつかいかいと鳴くも
木のもとに梅はめば酸しをさな妻ひとにさにづらふ時たちにけり
愁ひつつ去にし子ゆゑに藤のはな揺る光さへ悲しきものを

猫の舌のうすらに紅き手ざはりのこの悲しさも知りそめにけり
ほのかなる茗荷の花を目守る時わが思ふ子ははるかなるかも

これらの歌は根岸短歌会の中では、特筆していいほどに官能的なものである。第二首目の「さにづらふ」という語の使い方をのぞけば、これらが白秋の短歌であったとしても何の不思議もない。茂吉の恋情がこれらの歌を吐かせたというのではない。茂吉の生命力が、相聞の形をとってあらわれたものだろう。

根岸派の中では異端であったが、この生命力が後に〈写生〉に命を与えることになることを思えば、左千夫などの戒めは老師の繰り言というべきだろう。

さらにこの『赤光』初期においても、茂吉の景物への独特なこだわりはすでに如実に出ている。

赤茄子の腐れてゐたるところより幾程もなき歩みなりけり
屈まりて脳の切片を染めながら通草の花をおもふなりけり
秋づきて小さく結りし茄子の果を籠に盛る家の日向に蠅居り

これらの描写の根本には、左千夫や節などよりも初期の子規のあの散文精神に近いものがある。初期子規よりも初期茂吉の方が、左千夫や節の歌を経ただけに定型へのこなれがよいだけである。茂吉が子規の「竹の里歌」を読んで作歌の決心をしたのは、このふたりの生活や景物への感覚によく似た部分があったからではないかと思われる。茶飯事が短歌になり得るということを、茂吉は「竹の里歌」を読んで直感的に知った。

旧派の規格化された詠みぶりでは、全く短歌の題材にもならなかった日常雑事が短歌作品になり得るということが、茂吉にとって驚きであった。日常の散文精神が〈写生〉の形式をふめば定型に収まるのであるから、啄木のような天才詩人気取りや、鉄幹のごとき才を資質として持ちあわせていなかった田舎っぽい青年茂吉にとって、文学の入口がここにしかないというくらいに最適なものであった。

子規自身は政治の論客になる要素は十二分にあったが、茂吉には社会関係意識は稀薄であった。写生スケッチ説は、そのようなものを必要とはしなかった。

茂吉のこの傾向は、時代によって浮きつ沈みつしながらも歌業全体のトーンを貫いている。全くのただごと歌であるはずのものが、茂吉においてはただごと歌ではないのである。多くの詩人や小説家は、この茂吉の傾向に定型詩人の幸福を冠らせるが、それを為しえた歌人は稀なのである。歌人の力量による歌の深さとしかとりあえずは言うことができない部分である。

歌集『赤光』の初期作品から、茂吉の歌の傾向のいくつかを引き出してみたが、これらは新進歌人茂吉の冒険であると同時に、これから『アララギ』の中心となっていく当時の根岸短歌会の青年たちのエネルギーのあらわれという側面もあった。

長塚節は茂吉の力量は認めながらも『赤光』の写生歌についてはまだまだ不満であった。茂吉の写生歌は、節の俳句的な世界にくらべれば日常歌に近いものであった。専門写生歌人の節からすれば、完全に首肯できるものではなかったのだろう。また、万葉調を尊ぶ左千夫にしても、茂吉の日常歌の奇抜な視点は単に若者が興がっているように思えたのであろう。

ただ茂吉は奇抜さや目新しさを狙っていたのではない。単純に目に止まったものを、写生歌として提出しただけである。「赤茄子の腐れていたるところより幾程もなき歩みなりけり」という作品も、イメージに象徴性を持たせようと意図したものではない。自分の目に焼きついたものを、自分の行動の中で写生歌として定着させようとしたにすぎない。他の歌人ならば題材にならないとして見すごしてしまう部分に、茂吉の目が吸いよせられているだけである。

『赤光』後期の代表作である「めん鶏ら砂あび居たれひつそりと剃刀研人は過ぎに行きにけり」にしても、およそこの系列のものである。自分の目を通した単純な写生歌が、含みある象徴歌として世に迎えられたことは、茂吉の予想外の喜びであった。茂吉がこの方法に自信を持ったであろうことは想像に難くない。根岸派内で規範化されつつあった写生歌を、自己の個性のままに方法化していけば中身が新しくなるという自信が、青年茂吉に芽ばえたと思われる。理論や美意識や社会意識よりも、日常茶飯事に偏執じみてこだわる茂吉の感受性にとって、それは最も適した方法であった。

子規の写生日常歌によって短歌への目をひらいた茂吉であるが、歌論のあらわれたその〈写生〉説はその折々の作品傾向に応じて微妙に変化してゆく。もちろん、アララギ派の中心歌人として会員や外部にむけて、ひたすら〈写生〉を唱えたことは一貫している。しかし、子規の〈写生〉説を後生大事にお題目とするのではなく、その説を深め、時においては子規の時代的制約にまでふれながら完成させようとしている。『アララギ』の運営や日常生活においては赤彦などよりは遠慮がちであったようであるが、こと歌論においては融通がきかないほどに強情な論客であった。

折口信夫は左千夫にふれつつ、「『アララギ』で写生を唱へますけれど、先生はそんなものは持って居られなかった。赤彦さん、茂吉さんが言いはじめたことです。」(「左千夫先生のこと」)などともらしている。赤彦や茂吉の先輩には、専門写生歌人の節の業績があったが、その俳画的世界は独特のものであり、若い茂吉たちはその作品をあおぎ見つつ、距離は置いていたようである。茂吉たちの節への敬愛にくらべれば、左千夫に対してはその性格、行動、作品についてすべて、愛憎いりまじった感情があったかもしれない。

茂吉はヨーロッパ留学前の大正九年、歌集でいえば『つゆじも』にあたる時期に次のように記している。

……もともと写生の説を樹てて置いてそして作歌に従事したのではない。作歌としてゐるうちに写生の説が出て来たのであるから、予の写生の説は予の作物と切離しては考へられない。世間では予の写生説をも抽象説のやうに思うて、兎や角いうて呉れるが、それは間違ってゐる。予の説は予の内心から出た一家の見で、そして予の作物と離れないものである。そこで作物次第によっては、写生の意味の細かい所などは、どしどし変つて来る。それでいい。（「短歌に於ける写生の説」）

茂吉は愚直なほどに正直な男である。啄木のような天才気取りや自己尊大化と裏はらの自己卑下もない。このような個性は、赤彦や憲吉などのアララギ派歌人に共通しているように思える。だが、そのような中で、茂吉には最も自由な感応があった。赤彦などには自己を追いつめていく息苦しさがあって不自然に見える。教育者のゆえか、あるいはその必死の過程が、技巧の極地への道であると考えていたからかもしれない。

茂吉の写生説は、本人の言うように流派やイズムではなく、実作の経験からひき出されたものである。したがって、茂吉の歌論を読むと様々な言いまわしが表われる。その微妙な変遷は茂吉の歌境の反映である。絵画のスケッチに近い子規の写生説から出発した茂吉は、実作において赤彦たちアララギ派の若い歌人と切磋琢磨しつつ、この説を深めていった。

〈写生説１〉

短歌は直ちに『生《いき》のあらはれ』でなければならぬ。従つてまことの短歌は自己さながらのものでなければならぬ。一首を詠ずればすなはち自己が一首の短歌として生れたのである。まことの歌人は一首を詠ずるのは身の細るをもいとはぬであらう。かう信じてわたくしは、従来の意味に於ける自己を遠ざかつた一切の『奇抜な歌』『豊かな空想歌』を否定しやうと思ふのである。（「童馬漫語」明治四十四年四月十六日）

〈写生説2〉

予の作は、根岸短歌会の血脈を承けてはゐるが、周囲文壇のイズムの運動に参ずる必要は毫末もない。しかし人ありて強ひて予の作を或る『流』に分類したくば、予の作は『実相流』である。また『写生流』であると謂つてもよい。そして予が真に『写生』すれば、それが即ち、予の生せいの『象徴』たるのである。この意味で、予の作は『象徴流』だと謂つてもよい。（「童馬漫語」）

〈写生説3〉

実相に観入して自然・自己一元の生を写す。これが短歌上の写生である。（「短歌に於ける写生の説」大正九年六月）

写生とは単に形態描写のスケッチではなく「いのちを写す」ものであるというのは、赤彦や茂吉たちがつくりあげた解釈であった。子規の写生説を受け継いだ若い歌人たちの創造であった。

近藤芳美なども短歌を志した少年期、初めて会った歌人中村憲吉に「写生とは生を写すの謂であり、生とはいのちであり、つまり、いのちを写すのが写生である」と教えられたといっているから、この考え方は初期アララギの中心歌人たちの作歌上の考え方に、深く浸透していたのだろう。それに、何よりも短歌入門者には先ずこの説をとくのが『アララギ』においては、ルールのようなものにだったのかもしれない。

写生がスケッチのままであれば、若き茂吉や赤彦の作歌は不可能だったかもしれない。古き根岸短歌会どおりの詠みぶりではもう収まりきれなくなっていた。写生とは生命感あふれる衝動の表れでなければならなかった。ここには、反発していたにせよ明星派歌人や牧水、夕暮からの影響、さらには茂吉に顕著に見られるようにドイツの詩精神からの演繹があった。

若き茂吉たちと左千夫との距離は、ますます離れるばかりであった。左千夫はこのような詩精神の流れを、全くもって理解していなかった。ただ「叫び」が必要だとか、腰をすえて詠むべきだなどと粗雑な論理を苛立たしく口にするのがせいぜいであった。左千夫は若い歌人たちの試行を唾棄した。左千夫の理解不能なところから『アララギ』は勢力を伸ばしていったのである。左千夫は『アララギ』の始祖でありながらも、実作上はただの先輩歌人にすぎなかったのである。

〈写生説1〉の短歌の力と自己を同一視する考え方を押しすすめていけば、赤彦の個性に近づいてゆくかもしれない。〈鍛練道〉とは教育者であった信濃人赤彦のいかにも好みそうな命名ではあるが、茂吉ほどの旺盛な詩精神のなかった彼にとっては、これもまた必死の技巧であった。声調を高めてゆくためにはおのれを禁欲的に練りあげてゆくことが、短歌と自己がひとつになる方法であった。

茂吉の初期の写生説は、赤彦との相互影響に負う部分が多い。これは「比牟呂」の同人をひきつれて赤彦が『アララギ』に参画したことへの結社的な気配りというよりも、ふたりの青年歌人の純粋に作歌上の研鑽過程での互換性といった方がいいだろう。このふたりによって、、子規の写生説は革しく命をふきこまれたのである。引用した〈写生説1〉は、そのころのアララギ青年歌人たちの心情のエッセンスにほかならなかった。

ただ生命を詠うにしても、明星派のように奔放とならずに想像をおさえ、自己を固定的なものとして定型に繰り入れた点が、後々に短歌人口を増やした点では評価されるにせよ、作品の類型化、短歌の幅の狭さを招きよせた原因のひとつになったのではないかと思われる。「従来の意味に於ける自己を遠ざかった一切の『奇抜な歌』『豊かな空想歌』を否定しようと思ふのである。」というような物言いは他の結社を意識しすぎた茂吉の、いやアララギ派青年歌人たちの若さゆえのものであった。

自己の情動を徹底的に景物に託すことが〈写生説2〉の〝象徴〟へと至る方法であった。この〝象徴〟は茂吉の西欧体験が介在している。茂吉の歌論を一読すればわかることであるが、茂吉はドイツの詩概念を頻繁に援用している。これはそれまでの日本の歌人にとっては画期的なことであった。ただ、茂吉の秀れている点は、ただの知識の紹介や翻訳をしているのではなく、日本の定型歌人である茂吉が利用できる部分にのみ、その援用が限られているというところである。つまり、子規以来の写生説では範囲外となってしまった歌境――すなわち、それは茂吉の作品の幅の厚みと深みである――をアララギの歌論家として、写生の名目のもとに包合しようとしたのである。

茂吉は革しい〈写生〉をよりどころにして歌作にはげんだ。歳月をへて詠みぶりが自在になるにつれて、歌作入門ガイドの〈写生〉や〈象徴〉ではどうも自分の作品解説がスッキリしなくなっていった。茂吉の〈写生〉は単なる描写ではないし、象徴詩の〈象徴〉でもない。そのころから引用した〈写生説3〉の〈実相観入〉を唱えはじめた。これには茂吉はかなりの自信をもっていたし、気にいっていたようである。単純にいえば、子規のスケッチ写生説を、茂吉が実作で深めた部分に力点を置いて、茂吉好みの言葉で言いかえてみたというところであろう。

子規からはじまって節をへてきたアララギ写生歌の流れを、〈実相観入〉によって茂吉は名実ともにわがものとしたのである。アララギ写生歌は、歌人内部の衝迫に限りなく近づいて完成された。

今まで述べてきた如く、アララギ写生歌の対象は外部の景物のみであった。単純にそれだけのものをモチーフとして支えるだけの自己内部の充実が、次第に重みを持たされてきた。この過程が子規―左千夫、節―赤彦、茂吉の歌人のリレーによって果たされたのである。このアララギ写生歌の歴史を、短歌に志す人々がそれぞれの歌作の自己史として歩んでゆくことが上達の王道となるのであるから、便利といえばこれ以上のものはないかもしれない。

だが、このようにしてしか伝わることのできない日本の定型文学のエキスは歴然として存在する。日本語が日本語であるが故にこそ、それは存在するものかもしれない。社会生活との離反を比較してみたところで、本来的に離反しているが故に存続してきたともいえるものであるから、反論は有効ではないだろう。もう一人の新たなる子規の出現があれば、くるりと定型の革新はなされるかもしれない。そしてまた、数十年たてば元にもどってしまうことになるかもしれないだろう。

ここで私たちは当初の課題に向かいあわねばならない。子規の散文精神から始まった定型革新の〈写生〉が、その説と実作を深めてゆく過程において消去してきたものは何であるのか。歌よみが世間知らずであると看破した子規の精神を受け継いだ者は、赤彦や茂吉ではなく、もしかしたら啄木ではなかったのか。啄木のあのねじれた自意識から量産された短歌の戯作三昧の魅力と、アララギ写生歌との距離はどうしてかくもへだたってしまったのか。

結論をいそぐ前に、どうしてもとりあげてみたい茂吉の一首がある。

短歌ほろべ短歌ほろべといふ声す明治末期のごとくひびきて

昭和二十二年の作。歌集『白き山』に収められている。郷里の山形県上山市にひき籠っていた折のものである。茂吉は戦争犯罪人になるのではないかと心底おそれていた。茂吉には戦争詠も数多くあったし、敗戦後どのような文化政策がとられるのか、一寸先は闇であった。歌人の茂吉ならずとも、敗戦当時にかなりの責任ある地位にいた人間ならば、多少の差こそあれその不安はつきまとっていただろう。

この一首と同時に〝「追放」といふことになりみづからの滅ぶる歌を悲しみなむか〟というのも詠んでいる。茂吉は追放されて今までの歌業が全否定されることをおそれた。郷里の山形にこもったのも、戦争歌をよんだ自分を恥じて自己処罰したのではない。一体、どういう社会になるのか、自分の身分はどうなるのか、不安にかられてのものである。高村光太郎が岩手県の花巻郊外の山小屋に老残の身を置いたこととは、全く様相がちがう。茂吉には光太郎のような意識はなかった。そもそも茂吉はどうして戦争が遂行され敗戦となったのか、どうして「追放」をおそれるような立場に自分が置かれたのか全く理解できていなかった。

光太郎と茂吉の〈愚直〉への経緯は決して同じものではない。光太郎は詩作の方法からしても帝国日本に同致することだけのために、あの詩業があったのではない。だが茂吉にとっては、短歌への目覚め、写生説の深化、歌境の深まりをつぶさに見てゆけば、最も資質に見あったことを必死になってやりとげた果ての必然であったかのように思えるのである。戦後の沈痛なあの秀れた日本への悲歌についても、この茂吉の資質と同根のものであると考えるべきである。茂吉にとっての短歌は茂吉以上ではなく茂吉以下でもなかった。茂吉はいたずらに戦争を讃美し、いたずらに敗戦を悲しんだのではない。

このくにの空を飛ぶとき悲しめよ南へむかふ雨夜かりがね
沈黙のわれに見よとぞ百房の黒き葡萄に雨ふりそそぐ
蔵王より離りてくれば平らけき国の真中に雪の降る見ゆ
かりがねも既にわたらずあまの原かぎりも知らに雨ふりみだる
最上川逆白波のたつまでにふぶくゆふべとなりにけるかも

戦後の茂吉の秀歌である。戦争時、民族の興奮を伝えるに適していた短歌は、民族の悲嘆を歌うにも適していたのであるといってしまえば、茂吉の戦中戦後のすさまじい営為に対して礼を失することになるかもしれない。だが、定型の巨人茂吉であるが故のこの達成には、短歌の宿命の影が落ちているように思える。自己をごまかさなかった茂吉個人には感嘆させられるが。

私の手元にある岩波文庫版『斎藤茂吉歌集』（昭和四十七年版）には、茂吉の戦時の興奮を詠ったものは採られていない。「茂吉のいわゆる『戦争の歌』は世間一般の意味における『不純』の動機に出たものでは決してないが、しかし結局戦争の『ため』の作歌であることをまぬがれないので、この集にはその二章を採るに止めたのであった。」（柴生田稔解説・昭和三十三年八月六日記）いささかというか、かなりというべきか、歯切れの悪い文章である。戦争犯罪人として責任を問われることにおびえて、うっ屈した日々を過ごした茂吉であるがゆえにこそ、あの民族の悲歌が生まれたのである。茂吉は時局の要請によってのみ戦争歌をつくったのではない。戦勝の報に喜び興奮し、切迫した心情をそのまま詠んだだけである。

国威高揚の折には、必ずやあの万葉調があらわれる。東歌の日常雑歌ではなく万葉宮廷歌人の作歌精神が受け継がれてあらわれる。天皇は「すめらぎ」となり、戦争は「みいくさ」となり、外国は「夷狄」となる。茂吉ひとりの問題ではない。

古今、後撰、拾遺からはじまり、和歌集は勅命や院宣によって編まれる。短歌は天皇制文化ヒエラルヒーで発酵された独自な世界であった。祭祀儀礼から発生発達してきた短歌の基音は奉上にほかならなかった。天皇が神主であり、その神主は神と同一視される。「みことのり」は神の言葉となる。

千年の歳月が流れてもなお短歌は、国家の危急存亡の際に原型にもどろうとするバネが残っているように歌人をあやつる。歌人が三十一文字の中で日本語を凝縮し、声調を練りあげれば練りあげるほど万葉宮廷歌人の奉上に近づいてしまうのは、それを範型としていたが故に必然の道行であった。「かくあらねばならぬ」という願いを三十一文字の中で豊かに実現してみせることが、万葉のプロ歌人の力量であった。貧相な現実が豊饒な言霊として声調化されれば、天皇の御代に厚みを加えるのである。

茂吉などにくらべれば折口信夫（釈迢空）などは、もっと徹底して万葉歌人に近づいた。まるで時代が昭和であることを忘れたかのように。折口の資質からいっても、それは当然であったかもしれぬ。

大君は、神といまして、神ながら思ほしなげくことのかしこさ
神怒り　かくひたぶるにおはすなり。今し断じて伐たざるべからず
東の文化は、常に戦ひによりて興りぬ。伐ちてしやまむ

折口の「天地に宣る」には、このような類の作品が頻出する。これらによってあの業績がおとしめられるものではない。古代の文学の在り様を眼前のものであるかのように語ることができた折口に、現実が古代のように見えたとしても不思議ではない。それほどまでに憑依することができた魂は、すべてにおいて無傷かつ無償なのである。すでに『アララギ』を去って歳月はすぎ、アララギ派写生歌とも遠くへだたっている。後の養子の春洋が戦死した際、折口の悲しみはふかかったが、それはこのような作品からの社会的責任とかいうような問題ではなかった。文学的に古代に生きることのできた折口の内部は完結しているのである。

それでは、現実の中でおのれの生命を確かめつつ作歌してきたアララギ派写生歌はどうだったのか、茂吉の戦中戦後の苦行が、数多い秀歌を残しつつも短歌的日本、定型日本の湿潤なワクから逃れることができなかったのは、アララギ写生歌や写生説が流布され隆盛となるプロセスにおいて、短歌の深度を人間的な幅狭さ、現実把握の狭量さと置き換えてしまったからではないのか。どこかで声調が判断を鈍らせ、自己凝視が自己満足となったためではないのか。子規の散文精神から発した写生歌は袋小路に入りこんでしまい、かろうじて力量のある茂吉が、その終結を体現して秀歌を残しただけではないか。

戦争讃美も敗戦後の悲嘆もひたすら忠実に詠いつづけることが、国民詩としての定型の強さではないはずだ。この得体知れぬ再生の強さは、現実との関係性を持たぬ文学にのみ許されるものであり、王朝の恋歌ならばいざ知らず、短歌がそのアマチュア性ゆえにモチーフを限定することはない。カルタの中の文学がその国の文化に根ざしているものか、浮遊しているものなのか、議論が分かれるにしても、いずれにせよ文学の生命力とはほぼ遠いものである。

戦後の茂吉の日記などを読んでみても、全く小心な定型歌人の姿がそこにあるだけで、これがあのすばらしい悲歌の作者なのであろうかと驚くほどである。これは茂吉が老いさらばえたためではない。茂吉生来のものなのである。〝紅旗征伐わが事に非ず〟というほどの意志力もない。ここまで来ても茂吉の執着する部分は常に瑣末なものなのである。ただ執着が人並みはずれて強いのである。

茂吉はこの先、短歌がどうなるのか心配だった。それは日本がどうなってしまうのかということと同義であった。浅草の観音力を信じ、うなぎをたべれば精がつくと、ひたすらうなぎをたべて作歌した茂吉には、自分がどうして「追放」のおそれを抱かねばならぬのか理解がとどいていなかった。社会情勢の分析もできぬし、透徹したリアリズムや、日本へのニヒルな視線ももちあわせていなかった。この時期の秀れた文学者の中では、こっけいなほどの状態である。茂吉のあの大きな歌体の悲歌の根は、実はここにあるのだ。悲歌の見事さと、現実の社会意識の透徹性のなさを合わせたうえで、おそらく茂吉は最後の民族歌人であろう。

例えば、中野重治が「茂吉ノオト」を著したのは、そのいわくいいがたい日本の民の無意識層をさぐらねばならぬという切迫した思いがあったからではないか。短歌が滅びゆきつつある文学であることは、現在でもどう考えてみても当然の成り行きであるが、短歌が隆盛をほこっていた時期は、日本文学史の中でさほど長い期間ではないのである。短歌形式が成立してから八代集の時代をすぎれば、あとは明治まではほとんど芸事に近い有様であった。明治になって新しい思潮の中で文学意識が定着するまで待たねばならなかった。いわずもがなかも知れぬが、この短歌の隆盛の時期は天皇が政治権力の表面にあらわれていた時期である。

もともと即興性の強いものであった短歌を、新しい時代の中で小説や新体詩などの流れにもまれながら〈表現〉として定着されてゆくことが、子規によって定型意識に風穴をあけられた茂吉たちのアララギ派歌人の仕事であった。

先に引用した茂吉の一首の「短歌ほろべ」という声が響いていた明治末期は、子規、鉄幹から押しすすめられてきた短歌革新運動が一仕事を果たしおえた頃であった。茂吉の歌集でいえば『赤光』の時期である。アララギ派の新人が力をつけてきた頃ではあるが、歌壇全体からすれば、ほとんど無視されていた苦難の時代である。そして、啄木が病床であえいでいた時期にあたる。

「短歌ほろべ短歌ほろべといふ声」とは戦後の新社会から受けた茂吉の恐怖心のあらわれである。「明治末期のごとくひびきて」とは、短歌滅亡論のはしりである尾上柴舟の歌壇への抗議をさしているのではないかと思われる。おそらく、その当時、若い力を短歌に注いでいた茂吉などは柴舟の短歌滅亡論にひとかたならぬ公憤を抱いたにちがいない。柴舟の論は実作者としての短歌の限界を訴えたものではなく、文字の組み合わせの限界からおこされたものであった。明治末期の歌壇は明星派の浪漫調にも反省の気運がおこり、牧水や夕暮に衆目は集まりつつあった。

牧水や夕暮は柴舟門下である。このふたりにも明治末期からさかんになりつつあった自然主義文学からの影響は、色濃く反映されている。しかし、それよりもあの啄木の「時代閉塞の現状」によって描かれた明治末期の日本の社会状況を省みなければならない。鉄幹にせよ子規にせよ、膨張主義日本の青年の健康な情動が支えとなっていた。鉄幹や子規も若かった。明治日本も若かったのである。

ところが歌人の世代が移りはじめ、明星派の吉井勇や北原白秋、アララギ派の茂吉や赤彦にせよ、非政治的な生活内部での情動を詠うことがモチーフとなってしまった。膨張をとげた近代日本の人々のくらしは、もはや朗詠ではすくいとることができなくなったのである。アララギ派の写生歌が力をつけはじめたのは、歌壇の勢力争いのみに起因するものではない。明星派の歌人たちは流浪や遊興や懐古の情趣を詠うことによって鉄幹の朗詠性からの脱却を果たし、耽美におのれの道を見出した。耽美するほど生活に余裕のなかった牧水や夕暮や哀果や啄木は、生活の中での悲哀や抒情を三十一文字に託したのである。

ところが、〝牛歩のあゆみ〟とまで揶揄されたアララギ派に集った青年たちの多くは、政治にもなじまず、遊興にももちろんなじまぬ田舎の地主階級の子弟が多かった。彼らの目になじんでいるものは村の生活だった。ただ、その村の生活にしても貧しい小作の生活ではなかった。さほど豊かではないにしても、村では名家と呼ばれる家に育った者が多かった。同情の目をもって貧農のくらしぶりを見つめることはあっても、その感情はそれ以上のものではなかったし、ましてや平等な社会を望むということはなかった。

茂吉なども共産主義には本能的な嫌悪感を抱きつづけた。プロレタリア短歌などについても茂吉は猛烈な攻撃をしている。アララギ派歌人としての茂吉の言説にあやまりはないが、どうしてプロレタリア短歌がわきあがってくるのか、その気運の源の社会状況を茂吉はほとんど理解できなかった。定住の小地主の暮らしの中での田園の風物が、アララギ派にはぴったりの題詠だったのである。

アララギ写生説の基本は安定した視線で景物を凝視することだった。「生のあらわれ」も安定した生活の枠組みの中でこそ発現されるものであった。おのれの「生のあらわれ」を定型に封じこめるためには、制度、社会、他者との連関には我関せずの姿勢をとりつづけた。赤彦の骨身をけずるような定型への必死の凝縮も、一徹な苦行僧の難行以外のものではなかったような気さえするのである。大正期になって序々に勢力を伸長してきたアララギ派の短歌は、その途上からすでに形骸化しはじめていた。茂吉の腕力がそれを隠していただけである。

柴舟の短歌批判をへて約二十年、大正の末に折口信夫が島木赤彦の死をきっかけとして「歌の円寂する時」からはじまる一連の短歌批判を著している。折口の論は柴舟のものよりは、はるかに説得力がある。折口は短歌の発生から現在までを貫く流れを、おそらく他の者とは比較できないほど実感的に知りぬいていた。そして、アララギ派内部のことも、ある程度の距離を置いてよくわかっている。他の流派への理解もアララギ派の歌人たちよりは深かった。

歌を望みない方へ誘ふ力は、私の考へだけでも少くとも三つある。一つは、歌の享けた命数に限りがあること。二つには、歌よみ――私自身も恥しながら其一人であり、かうした考へを有力に導いた反省の対象でもある――が、人間の出来て居な過ぎる点。三つには真の意味の批評の一向に出て来ないことである。(「歌の円寂する時」)

まず、時の流れという第一の短歌の命数の問題をのぞけば、要するに折口は歌人や歌壇に辟易していた。宗匠風をふかすレベルの低い歌人たちや、短歌をよい方向に伸ばそうともせずに、評判ばかりに終始する批評家面した歌人たちに、折口はねちねちとした反発心を抱いていた。アララギ派の歌人たちについても同様である。アララギ派も勢力拡大の時期をおえて〈写生歌〉の自己模倣をくり返している。赤彦が亡くなって、折口も遠慮がなくなったようである。重鎮の死が新しい歌の勢いを伸ばすことを期待したのかもしれない。折口はまだこのころは茂吉をさほど重く見ていない。昭和十年のころのような最大級の讃辞にまでは至っていない。茂吉よりも千樫や赤彦の方が折口に近かったのである。

さて「歌の享けた命数」についてである。折口は短歌の宿命をその発生時からの抒情性に見た。片歌や施頭歌の形式で唱和されていた歌垣が短歌形式でおこなわれるようになって、この五・七・五・七・七の形式が定まり広まった。そのために発生時から、かけあい贈答、相聞の気分が色濃く反映されており、奈良時代、平安時代をへても、そこから脱皮することなく日本的抒情詩として完成されたのである。折口は「古典としての短歌は恋愛気分が約束として含まれていなければならなかったのである。」とまで言い切っている。

そして、アララギの写生歌も、この短歌形式の基本的な主観性に負うていると折口は考えていた。このように示唆されると、短歌の発生時から現在までをサーッとフィルムを回して見せつけられたような気がしてしまう。

だが、この大正末期に、抒情性を脱却できぬがゆえに短歌の命数に限りがあるとする折口の指摘は、実作者としては異端であろう。この抒情性にしがみつき、それを磨きぬき、おのれの呼吸までも定型の技巧に練りあげることに集中していたのが、赤彦たちであったのだから。

新しい時代の息吹を伝えるためには、抒情性から序事性への移行、そして戯曲への歩みよりが近代の詩の本筋であり、理論や概念を不純物として除去してしまうのでは、短歌は以前の旧派にもどるだけであると折口は考えた。個人の詠嘆からその枠を広げ立体的に短歌の内容を構成しなければならないのである。折口は行分け短歌――口語発想の新しい四句短詞――を提唱している。この折口の一連の短歌滅亡論を読むと、啄木の広げた短歌空間を重要視していることがそのはしばしに表れている。

折口はただの専門歌人ではなかった。短歌の歴史を知りぬいているし、それを必要としていた時代の生活の具体も知りぬいていた。そして、アララギ派が尊んでいた「田舎生活」への現実的な危機感が民俗学者折口に強くあった。

田舎の田園風物の中で、おのれを見つめ写生し、三十一文字に練りあげてゆくのが、アララギ写生歌の本道である。だが、その田園生活そのものが近代化の波に洗われて、共同体が崩壊し、年中行事がなくなり、慣習が変化してくれば、アララギ写生歌は根本的なパワーを喪失し、絵にかいたもち、掛け軸の中の世界にとどまってしまう。田園の抒情歌はただの旧派の歌にもどってしまう。生活力のなき所に「命のあらわれ」もないだろう。

折口は柳田国男にくらべれば現実社会意識は稀薄であった。柳田は実証性を重んじたが、折口は直感力を支えとしていた。近代詩から遠ざかった官僚の柳田と、終生、歌人であり続けた折口とは方法も異質であった。折口がこの「歌の円寂する時」を著した大正末期のころには、大正四年の処女作「髯籠の話」にはじまる古代研究の初期のひと仕事を終えている。

一方、柳田は明治末期からの農政学にひきつづいて、日本の〝ムラ〟と〝イエ〟への意識を強めながら、大正期には日本中を頻繁に旅行しはじめる。この発端になったのは「後狩詞記」にまとめられた明治末期の九州旅行であった。すなわち、都市部では失われつつある古い生活が山村僻地には、そのまま残存しており、それを集めて探ることが民の古い生活を知ることになるという実感的な試行であった。今、集めて書きとめねば、時代がそれを洗い流してしまうという急務の念も強かった。

大正期は、柳田に代表されるような急務の念を持つ郷土研究者が、資料あつめに日本中を右往左往していた。だが、まだ柳田の常民観も成立していない。柳田の「民間伝承論」や「郷土生活の研究法」などが成果となって発表されたのは昭和初期である。日本全国で進行しはじめた共同体の崩壊期が、日本民俗学の胎動期なのである。

折口はアララギ時代を省みてこう記している。

アララギに籍を置いて居た頃、私が痛感したのは、都会で生れた私が、都會を歌はずに、纔わずかな経験を逐つて、地方生活をものしてゐると言ふことの反省であつた。此でよいのか。さう思ひ続けて居た。其で、そう言ふ側の歌を作つて見た。出来るものもくいけない。他人がいけないといふのである。(「滅亡論以後」)

ちょっと意外な気がするかもしれない。折口のあの旅先での秀歌が、私たちの意識にこびりついているからかもしれない。上方生まれの折口にとっては、田園風物よりも上方の朝の物音や、昼間のにぎわい、夜の屋内の灯りのゆらぎのようなものの方が実感的に親しかった。あの「海やまのあいだ」などの短歌は、生活歌ではなくて、旅先での出来事から、折口の内部の古代がよびおこされて詠われたものなのだろう。

啄木と同じように、折口も旅人の悲哀をふくんだ視線で村や人々を眺めることはあっても、定住者として詠うことはなかった。ましてや、『アララギ』の節や憲吉や赤彦のように、地主や有力村民として村の生活を題材にすることはなかった。

社会的な典礼の一種として、茶道や華道と同じように江戸期に命脈を保ちつづけてきた和歌が、近代定型詩、近代国民詩として再生するためには、定型内部に自己を造型せねばならなかった。子規の文芸論は時代的制約を考えれば充分に先駆的なものであった。一種独特な囲われた約束だらけの象徴芸の世界を、白日のもとにさらしたのが子規であった。数百年間、儀礼や慣習のようなものであった和歌を、近代定型詩とするために〈写生説〉が子規によって提唱され、茂吉たちがそれを受けつぎ、短歌を自己と等身大のものとするために励んだのである。

定型歌人でありながら、定型から自由となるために自己の作品を遊戯にすぎないと評した啄木の屈折を思えば、左千夫、節、赤彦、茂吉たちは馬鹿正直といいたくなるほどに正直であった。ところが、その正直さが、アララギ写生歌への全幅の信頼となってしまい、「命のあらわれ」にしても、関係性でとらえられることがなかった。俳句などではないにしても、生よりも死を詠うことに適していた。ましてや、その写生歌の方法が流布されれば、良心的な小農階級の手なぐさみの限界を越えることはなかった。

日本人の生活感情のるつぼであり、アララギ派の題材そのものである村落共同体が崩れ、貧農の子弟は兵隊や都市の流民となっていっても、アララギ写生歌は変わることがなかった。

あるいは戦争によって歌に勢いが出たかもしれない。子規、鉄幹が志した短歌革新運動はひとめぐりして歴史のもとの姿にもどった。〝田舎の村長様〟のようなアララギ派の歌から生活感が欠けて、形骸だけが残れば、作歌意識としては良質のものではなくなってしまう。

詩人は形式に安心立命できない。ましや、七・五リズムが取り去られてからの口語詩においては、言葉への不信感は自己への不安となって詩人を追いつめた。詩人は対象よりも、まっ先に自己を詩のまな板の上に乗せなければならなくなった。近代意識とは自己不安であるかのように。

近代歌人、とりわけアララギ派歌人たちの写生による自己凝視には、自己不安はなかった。歌人を囲む自然は豊かな題材であり、その中に育まれた自己も輪廻する四季の色彩にいろどられた一自然物であった。うつりゆく季節の中で、草花や山の稜線や池水に、おのれの影を見つけて生の実感を三十一文字に刻みつけることが王道であった。

啄木の流浪とその末期、そして、その哀れな望郷歌や生活短歌、アララギ写生歌の隆盛と、その基盤である田園生活の変貌、さらに折口の短歌への不満、歌人への不信、これらの要素を明治末期から大正、昭和初期の日本人の生活の大きな流れの中に置いて、立体的に見つめてみれば、啄木の末期の目は折口のいう「時代《トキ》の口」を見つめていたと思われるのである。

今まで、アララギ写生歌についてながながと述べてきたが、ここまでくれば、一見、極楽トンボのような啄木と刻苦勉励して写生歌を追いつめてきたアララギ派歌人と、いったいどちらが文学者としてナイーブであったのか、言うまでもないことだろう。

短歌という古代より続いてきた定型文学を、時代の流れ、生活の変遷の中で、新しい命を吹きこみつつ国民詩としてゆくのか、日本独特の芸事文学として文化的意義だけは認めつつ、色紙や短冊の中に収めてゆくのか、常に短歌実作者は問われ続けているのだろう。だが、定型文学としての分をわきまえ、花鳥風月にとどまることのみをもって、その方法的プラスとするような文学の在り方については、私たちは敬して遠ざかり、その成果の秀れた一部を享受させてもらえばいいだけである。

つまり、工芸品には工芸品の価値や美しさがあるというように。それに一生を賭すのも定型文学者の厳しい生き方のひとつなのであるから。

付録・啄木秀歌抄（中森選）

砂山の砂に腹這ひ
初恋の
いたみを遠くおもひ出づる日

いのちなき砂のかなしさよ
さらさらと
握れば指のあひだより落つ

何処《いづく》やらむかすかに虫のなくごとき
こころ細さを
今日もおぼゆる

いと暗き
穴に心を吸われゆくごとく思ひて
つかれて眠る

浅草の夜のにぎはひに
まぎれ入り
まぎれ出で来しさびしき心

愛犬の耳斬りてみぬ
あはれこれも
物に倦みたる心にかあらむ

森の奥より銃声聞ゆ
あはれあはれ
自ら死ぬる音のよろしさ

高山のいただきに登り
なにがなしに帽子をふりて
下り来しかな

いつも逢ふ電車の中の小男の
稜ある眼
このごろ気になる

鏡屋の前に来て
ふと驚きぬ
見すぼらしげに歩むものかも

やはらかに積れる雪に
熱てる頬を埋《うづ》むるごとき
恋してみたし

こころよく
人を讃めてみたくなりにけり
利己の心に倦めるさびしさ

非凡なる人のごとくにふるまへる
後のさびしさは
何にかたぐへむ

朝はやく
婚期を過ぎし妹の
恋文めける文を読みけり

しつとりと
水を吸ひたる海綿の
重さに似たる心地おぼゆる

あたらしき背広など着て
旅をせむ
しかく今年も思ひ過ぎたる

人並みの才に過ぎざる
わが友の
深き不平もあはれなるかな

どんよりと
くもれる空を見てゐしに
人を殺したくなりにけるかな

ある朝のかなしき夢のさめぎはに
鼻に入り来し
味噌を煮る香よ

何がなしに
頭の中に崖ありて
日毎に土のくづるるごとし

一隊の兵を見送りて
かなしかり
何ぞ彼等のうれひ無げなる

たんたらたんたらたらたらと
雨滴が
痛むあたまにひびくかなしさ

誰が見ても
われをなつかしくなるごとき
長き手紙を書きたき夕

友がみなわれよりえらく見ゆる日よ
花を買ひ来て
妻としたしむ

病のごと
思郷のこころ湧く日なり
目にあをぞらの煙かなしも

夢さめてふつと悲しむ
わが眠り
昔のごとく安からぬかな

ふるさとの訛なつかし
停車場のひとごみの中に
そを聴きにゆく

ふるさとの
かの路傍のすて石よ
今年も草に埋もれしらむ

二日前に山の絵見しが
今朝になりて
にはかに恋しふるさとの山

あはれかの我の教へし
子等もまた
やがてふるさとを棄てて出づるらむ

やはらかに柳あをめる
北上の岸辺目に見ゆ
泣けとごとくに

ふるさとの
村医の妻のつつましき櫛巻なども
なつかしきかな

かの村の登記所に来て
肺病みて
間もなく死にし男もありき

うすのろの兄と
不具の父もてる三太はかなし
夜も書読む

意地悪の大工の子などもかなしかり
戦に出でしが
生きてかへらず

宗次郎に
おかねが泣きて口説き居り
大根の花白きゆふぐれ

小心の役場の書記の
気の狂れし噂に立てる
ふるさとの秋

馬鈴薯のうす紫の花に降る
雨を思へり
都の雨に

ふるさとに入りて先づ心傷むかな
道広くなり
橋もあたらし

見もしらぬ女教師が
そのかみの
わが学舎の窓に立てるかな

ふるさとの停車場路の
川ばたの
胡桃の下に小石拾へり

ふるさとの山に向ひて
言ふことなし
ふるさとの山はありがたきかな

雨後の月
ほどよく濡れし屋根瓦の
そのところどころ光るかなしさ

潮かをる浜辺の
砂山のかの浜薔薇よ
今年も咲けるや

三度ほど
汽車の窓よりながめたる町の名なども
したしかりけり

函館の床屋の弟子を
おもひ出でぬ
耳剃らせるがこころよかりし

船に酔ひてやさしくなれる
妹の眼見ゆ
津軽の海を思へば

函館の青柳町こそかなしけれ
友の恋歌
矢ぐるまの花

ふるさとの
麦のかをりを懐かしむ
女の眉にこころひかれき

こころざし得ぬ人人の
あつまりて酒のむ場所が
我が家なりしかな

雨に濡れし夜汽車の窓に
映りたる
山間の町のともしびの色

真夜中の
倶知安駅に下りゆきし
女の鬢の古き痍あと

かなしきは小樽の町よ
歌ふことなき人人の
声の荒さよ

かの年のかの新聞の
初雪の記事を書きしは
我なりしかな

子を負ひて
雪の吹き入る停車場に
われ見送りし妻の眉かな

みぞれ降る
石狩の野の汽車に読みし
ツルゲエネフの物語かな

さいはての駅に下り立ち
雪あかり
さびしき町にあゆみ入りにき

しらしらと氷かがやき
千鳥なく
釧路の海の冬の月かな

あはれかの国のはてにて
酒のみき
かなしみの滓を啜るごとくに

よりそひて
深夜の雪の中に立つ
女の右手のあたたさかな

かなしきは
かの白玉のごとくなる腕に残せし
キスの痕かな

その膝に枕しつつも
我がこころ
思ひしはみな我のことなり

さらさらと氷の屑が
波に鳴る
磯の月夜のゆきかへりかな

よごれた足袋穿くときの
気味わるき思ひに似たる
思出もあり

いつなりけむ
夢にふと聴きてうれしかりし
その声もあはれ長く聴かざり

さりげなく言ひし言葉は
さりげなく君も聴きつらむ
それだけのこと

世の中の明るさのみを吸ふごとき
黒き瞳の
今も目にあり

山の子の
山を思ふがごとくにも
かなしき時は君を思へり

死ぬまでに一度会はむと
言ひやらば
君もかなかにうなづくらむか

石狩の都の外の
君が家
林檎の花の散りてやあらむ

手套を脱ぐ手ふと休《や》む
何やらむ
こころかすめし思ひ出のあり

つくづくと手をながめつつ
おもひ出でぬ
キスが上手の女なりしが

薄れゆく障子の日影
そを見つつ
こころいつしか暗くなりゆく

何処やらに
若き女の死ぬごとき悩ましさあり
春の霙降る

やや長きキスを交して別れ来し
深夜の街の
遠き火事かな

朝朝の
うがひの料《しろ》の水薬《すゐやく》の
罎がつめだき秋となりにけり

あさ風が電車のなかに吹き入れし
柳のひと葉
手にとりて見ぬ

白き蓮沼に咲くごとく
かなしみが
酔ひのあいだにはつきりと浮く

水のごと
身体をひたすかなしみに
葱の香などのまじれる夕

真白なる大根の根の肥ゆる頃
うまれて
やがて死にし児のあり

おそ秋の空気を
三尺四方ばかり
吸ひてわが児の死にゆきしかな

かなしくも
夜明くるまでは残りゐぬ
息きれし児の肌のぬくもり

眼閉づれど
心に浮かぶ何もなし
さびしくも、また、眼をあけるかな。

正月の四日になりて
あの人の
年に一度の葉書も来にけり。

人がみな
同じ方角に向いて行く。
それを横より見てゐる心。

百姓の多くは酒をやめしといふ。
もつと困らば、
何をやめるらむ。

ひと晩に咲かせてみむと、
梅の鉢を日に焙りしが
咲かざりしかな。

八年前の
今のわが妻の手紙の束！
何処に蔵ひしかと気にかかるかな。

『石川はふびんな奴だ。』
ときにかう自分で言ひて、
かなしみてみる。

ぼんやりとした悲しみが、
夜《よ》となれば、
寝台《ねだい》の上にそつと来て乗る。

新しきからだを欲しと思ひけり、
手術の傷の
痕を撫でつつ。

その親にも、
親の親にも似るなかれ——
かく汝が父は思へるぞ、子よ。

ひとところ、畳を見つめてありし間の
その思ひを、
妻よ、語れといふか。

猫を飼はば、
その猫がまた争ひの種となるらむ、
かなしきわが家《いへ》。

何がなしに
肺が小さくなれる如く思ひて起きぬ――
秋近き朝。

本書は『たった一人の啄木』（砂子屋書房）の新装版です。

詩の森文庫

E14

たった一人の啄木
石川啄木・流浪の軌跡

著者
中森美方

発行者
小田久郎

発行所
株式会社思潮社
162-0842 東京都新宿区市谷砂土原町 3-15
電話 03-3267-8141（編集）
ファクス 03-3513-5867

印刷・製本所
創栄図書印刷株式会社

発行日
2018 年 8月20日

詩の森文庫

C01
際限のない詩魂
わが出会いの詩人たち
吉本隆明

近代から現代、戦後詩人たちをめぐる本書は、「著者の精神や考え方の原型」が端的に現れている「吉本隆明入門」だ。膨大に書かれた詩人論のエッセンスを抽出。解説＝城戸朱理

C02
汝、尾をふらざるか
詩人とは何か
谷川雁

詩を書くことで精神の奥底に火を点じて行動した詩人革命家が遺した数多い散文の中から、「原点が存在する」ほか主な詩論、詩人論を採録した初の詩論集成。「谷川雁語録」併録。

C03
幻視の詩学
わたしのなかの詩と詩人
埴谷雄高

高度に形而上学的な思想小説『死霊』の作者は詩と抽象と難解の宇宙を終生抱えこんだ詩人でもあった。埴谷詩学を形成する東西の詩人論から現代詩人の論考を収録。解説＝齋藤愼爾

C04
近代詩から現代詩へ
明治、大正、昭和の詩人
鮎川信夫

戦後詩の理論的主導者による、「近代詩から現代詩」を代表する49詩人と54の詩篇の鑑賞の書。「詩に何を求めるか」のまえに「詩とはどういうものだったか」を点検、実証してみせる。

C05
昭和詩史
運命共同体を読む
大岡信

一九三〇年代から敗戦直後までの昭和詩の展開と問題点をより詩史的に位置づけた画期的詩論集。通常の詩史の通念を超えて、より身近に現代詩を体感できる名著。解説＝近藤洋太